SPIRALE INFERNALE

Harrisburg Railers - tome 3

RJ SCOTT

V.L. LOCEY

Love Lane Books

Spirale Infernale, Harrisburg Railers 3

Copyright © 2019 RJ Scott,

Copyright © 2019 VL Locey

Couverture par Meredith Russell

Traduction de l'anglais : Bénédicte Girault

Relecture et corrections : Clotilde Marzek, Yvette Petek

Published by Love Lane Books Ltd

ISBN: 9781785646485

Dedication

*À Rj – À toutes les femmes qui découvrent un nouveau rêve
ou une carrière tard dans la vie et le pourchassent en dépit
des réfractaires. Les rêves peuvent changer et se réaliser,
même après cinquante ans. Vous n'êtes jamais trop âgées.
Foncez ! - V.L. Locey*

---

*À Vicki – pour les magnifiques jumeaux, Zucc et notre
patineur artistique olympique. Et, comme toujours, à ma
famille - R.J. Scott*

---

*Notre reconnaissance à Meredith pour sa belle couverture,
à Rebecca, pour faire en sorte que nos romans soient
beaux, à Rachel, pour nous démêler et à notre armée de
relecteurs pour leur travail acharné.*

Newsletter

Inscrivez-vous pour suivre les sorties des romans en français.

rjscott.co.uk/NL-FR

Spirale INFERNALE

— HARRISBURG RAILERS 3 —

RJ SCOTT &
V.L. LOCEY

Love Lane Books

UN

Trent

J'étudiai une photo de moi lors des jeux de Sochi. J'avais l'air si radieux avec cette médaille d'argent autour du cou, me tenant quelques centimètres plus bas que Connor O'Day, mon équipier qui avait remporté la première place sur le podium. Bien que Connor – la salope – ait gagné l'or, j'étais quand même heureux. Je me souvenais de ce sentiment. Le bonheur était agréable.

— Trent ?

Deux médailles d'argent lors des deux derniers Jeux Olympiques. Les prochains étaient supposés être les miens. J'avais patiné plus fort que jamais. Tout le monde avait prédit que je finirais par dépasser Connor pour remporter le trophée. Le bonheur aurait été complet. Je me serais littéralement *noyé* dans cette putain de joie. J'aurais porté cet air ravi et cet or autour du cou tel un manteau de cachemire de chez Neiman Marcus.

— Trent ?

Le contact de Gayle me tira d'Envie Land. Je me détournai des images nouvellement accrochées de Trent

Hanson sur les murs blancs et doux du bureau de mon nouvel agent. Elle me sourit tristement. Par les Dieux ! Tout le monde me regardait de cette façon maintenant. Je détestais ça. Et je haïssais le fait de ne plus être heureux.

— Désolé, je ne faisais qu'admirer ce costume. Ce bleu foncé et cet argent ne sont-ils pas à mourir ?

Je contournai la petite femme aux cheveux noirs qui était à présent en charge de ma carrière. Du moins, de ce qu'il en restait.

— Tout à fait. Cela me surprend toujours que vous conceviez tous vos costumes de patinage. Vous êtes un jeune homme si talentueux. Pourquoi ne nous asseyons-nous pas afin de discuter de la raison pour laquelle je vous ai appelé ?

Ah, les agents ! Ils étaient si adorables, quand ils ne détournaient pas tout votre argent pour le dépenser en putes, en cocktails à base de vodka ou encore lors d'une semaine particulièrement difficile à Atlantic City. Remarque pour les jeunes et les innocents : ne laissez jamais votre beau-père gérer vos revenus, surtout quand il ne se cache pas et vous balance à quel point il n'aime pas votre petit cul de gay. De cette façon, vous ne vous retrouverez pas fauché, honteux, et ne tenterez pas de trouver un moyen d'empêcher que votre mère et votre grand-mère soient chassées de leur maison pendant que votre patinoire est au bord de la ruine financière. Putain, où est-ce que tout mon bonheur était parti ? Je voulais le récupérer, bon sang !

Je passai devant les fenêtres qui donnaient sur Philadelphie, ma ville natale. J'étais né et j'avais grandi dans la ville de l'amour fraternel. J'adorais cette ville et elle m'aimait en retour. Ou elle l'avait fait. À présent, je n'étais plus que le gay ruiné et bien habillé qui n'avait même pas deux centimes dans sa poche. C'était étonnant de constater à quelle vitesse l'amour et l'adoration se transformaient en ricanements et accueils glaciaux. Serrant mon manteau autour de moi, je m'assis sur une chaise beige et croisai une jambe sur l'autre, veillant à ce que mon manteau soit bien drapé sur mes cuisses. Je détestais les plis. Et ce beige... Pourquoi les hétéros avaient-ils si peur d'un peu de couleur ?

Gayle s'installa derrière son bureau, me sourit encore une fois et posa les mains à plat devant elle. Je haussai un sourcil fraîchement épilé. Elle essayait toujours de me contrôler. Tobey & Troy était la plus grande firme d'agents sportifs de Philadelphie. Ils s'occupaient de la plupart des Eagles, Sixers et Flyers, ainsi que de plusieurs joueurs de tennis. Et maintenant ils m'avaient, moi : Trent Lawrence Hanson. Célèbre patineur artistique gay et prochain dans la ligne pour devenir un personnage de Dickens dans la vie réelle. *S'il vous plaît, monsieur, j'en veux un peu plus. Pouah !* Comme si j'allais me laisser faire. Et si j'en arrivais là ? La pensée était trop difficile à supporter.

— Je suppose que, vu les problèmes juridiques avec votre père…

— Beau-père, lui rappelai-je rapidement.

— Oui, désolée, beau-père. Eh bien, maintenant qu'il a été condamné et qu'il purge sa peine, je pense que le moment est venu de se mettre au travail afin de vous vendre sous un jour positif.

Elle sourit à nouveau, nerveusement, et leva un regard bleu clair vers moi.

— Où en êtes-vous en termes d'un éventuel retour au patinage de compétition ?

Je jetai un coup d'œil par la fenêtre à Ben Franklin qui se tenait au sommet de l'Hôtel de Ville. Je fis courir mes mains sur les minces rabats en coton qui recouvraient mes cuisses.

— Je n'ai plus d'argent, ma réputation professionnelle est minable, ma patinoire et la maison de ma mère sont à deux mois de la forclusion. Pensez-vous honnêtement que je suis en mesure de retrouver une clarté mentale et une concentration nécessaires pour patiner de nouveau ?

Dès que j'entendis à quel point j'agissais comme une garce, je posai une main sur ma bouche.

— Je suis vraiment désolé, murmurai-je.

— C'est tout à fait compréhensible, répondit-elle.

Elle était beaucoup trop gentille pour être coincée avec une misérable peau de vache telle que moi. J'avais envie de pleurer, mais je n'en fis rien. Je me laisserai aller plus tard, quand j'aurai rendu visite à maman et à ma *Lola*.

— Voulez-vous boire quelque chose ?

— De l'eau serait agréable.

Je toussai entre mes doigts. Elle appela sa réceptionniste.

— Je vais mieux maintenant. Vous voyez.

Je baissai la main et lui adressai un brillant sourire.

Gayle acquiesça, cependant la mélancolie s'attarda dans son regard. Une petite blonde entra avec une bouteille d'eau et me la tendit. J'étais sur le point de demander si elle pourrait éventuellement en trouver une qui soit réellement froide, puis, je me mordis la langue. Chienne Trent s'était déjà échappée une fois aujourd'hui.

— Je vous remercie.

Elle hocha la tête et se précipita dehors, fermant la porte derrière son dos mince. Ses *pompes* étaient terribles. Qui porterait des chaussures noires et plates avec une robe pêche à la fin du mois de juin ? Honnêtement, mesdames, apprenez à vous habiller. Je pris de petites gorgées de l'eau tiède. Gayle attendit. Je rebouchai la bouteille et la balançai dans ma main gauche, afin que mon manteau ne soit pas arrosé. J'étais un mendiant désormais. Je devais garder ma garde-robe en bon état. Des larmes menacèrent à nouveau de tomber.

Gayle interrompit ma petite fête d'auto-apitoiement.

— Je comprends que vous ne soyez pas prêt mentalement à retourner au patinage artistique. Dans ce but, nous devons vous trouver quelque chose à faire et qui vous rapportera une somme d'argent conséquente afin que vous puissiez retrouver une bonne santé financière.

— Vous voulez dire sortir ma patinoire et la maison de ma mère de la gueule de la forclusion ?

— Et bien, je n'aurais pas été aussi dramatique...

— Peu de gens le sont.

Je soupirai tandis que je recommençais à m'occuper des plis de mon manteau.

— Exact. Eh bien, GLBTQtv m'a approchée à propos d'une émission de télé-réalité avec vous en tant que star.

Mon menton tomba sur ma poitrine.

— Hors. De. Question.

— Je suis très sérieuse, déclara Gayle, sa grimace s'étirant en un sourire. Ils sont prêts à signer un beau gros contrat avec nous.

— Je refuse de le faire ! Attendez... Y a-t-il beaucoup de zéros mentionnés dans le contrat ?

J'étais tellement excité que j'attrapai les pans de mon manteau et que je le roulai en boule dans ma main droite.

— Il y a plusieurs zéros, murmura-t-elle alors que son sourire s'élargissait davantage.

— Alors, je vais le faire !

Par les Dieux, j'étais une telle prostituée ! Si vous agitiez un billet de dix devant moi, je me mettrais à genoux. Les zéros signifiaient de l'argent. De l'argent qui me permettrait de garder ma famille en sécurité dans leur maison et rendre ma patinoire opérationnelle. Rainbow Skate était *ma* patinoire. Je l'avais achetée et remise à neuf. C'était là que je m'entraînais. Et où les petits enfants homosexuels et hétérosexuels qui souhaitaient un endroit sûr pour patiner et s'exprimer et voir leur talent fleurir. Aucune injure odieuse ni brute haineuse n'était autorisée à Rainbow Skate. C'était ma règle. Je détestais les intimidateurs. J'avais eu affaire à eux dès l'âge de huit ans, lorsque j'avais découvert à quel point j'étais fabuleux sur des patins et combien mes compétences en couture étaient extraordinaires. Quand j'ai eu quatorze ans et que j'ai officiellement fait mon coming-out, personne ne fut choqué. Mon beau-père avait été dégoûté, mais encore une fois, il n'était qu'un connard de voleur.

— Merveilleux ! J'ai lu le contrat et c'est assez simple.

Je rebondis sur mon siège pendant que Gayle parlait.

— Ils demandent six à huit semaines de votre temps avec un accès exclusif à vous et aux Railers pendant que vous travaillerez avec eux.

Le rebond ralentit.

— Je suis désolé...

Je tapotai mon oreille droite.

— Avez-vous dit « Railers » ? Que sont-ils ?

— C'est l'équipe de hockey qui a manifesté un vif intérêt pour se montrer à vos côtés dans cette émission.

Je ne pus contrôler le fou rire qui m'échappa. Je rugis si longtemps et de si bon cœur que j'étais sur le point d'hyperventiler lorsque le rire commença à s'estomper. Gayle était assise derrière son bureau et me fixait comme si j'avais perdu la tête.

— Phew… Oh, par les Dieux et mes jarretières…

Je haletais encore quelques minutes plus tard. Tamponnant doucement sous mes yeux, je remarquai un nuage noir sur le bout de mes doigts.

— Et dire que je croyais que c'était un eye-liner waterproof ! Auriez-vous des mouchoirs ?

Elle se leva, attrapa une boîte sur le bord de son bureau et me la tendit.

— Merci.

J'essuyai mon doigt sur un Kleenex, puis passai délicatement un petit coin du papier sous mon œil droit, puis le gauche.

— Je déteste ce genre de produit bon marché. Je le jetterai quand je rentrerai à la maison. Pourquoi en ai-je même pris un qui ne soit pas waterproof ?

— Cela vous posera-t-il un problème de travailler avec des joueurs de hockey ?

Je sifflai.

— Combien de temps avez-vous devant vous ? demandai-je.

Elle me dévisagea.

— Je ne fais pas dans les sportifs.

— Pourtant, vous en êtes un !

— Euh… non, non, pas du tout ! Je suis un artiste. Je ne patine pas autour de la patinoire en frappant des gens au visage avec des crosses. Non, désolé, cette douce petite chose… dis-je en me désignant… ne fait pas dans les joueurs de hockey, les footballeurs, les joueurs de baseball, de basket-ball ou ceux qui courent avec des filets pour attraper des balles. La crosse ! Je ne fais pas ça non plus. À la *limite*, je veux bien avec des joueurs de tennis ou un autre patineur occasionnel, mais ils ne peuvent pas faire partie de mon groupe. Les crêpages de chignons entre membres d'une même équipe sont tellement laids. Je préfèrerais encore les patineurs russes. C'est l'accent. Je suis sorti une fois avec un russe. Il était délicieux. J'ai appelé cela ma phase Boris Godunov.

Je rigolai de ma plaisanterie, alors que Gayle restait bouche bée. J'étais si heureux maintenant – pourquoi se montrait-elle si prude ?

— Quoi ? demandai-je quand elle ne parla pas.

— Trent, ce contrat est dépendant de votre collaboration avec les Railers.

— Non, désolé. Au risque de me répéter encore et encore : je ne *fais* pas dans les joueurs de hockey. N'avons-nous pas d'ailleurs déjà couvert cette partie ? Ce sont des tyrans impolis qui n'ont jamais raté une occasion de me pousser dans les casiers, de me plonger la tête dans des toilettes ou de me narguer devant tout le monde à la patinoire. Nan. Dites-leur que je ne fais pas dans les joueurs de hockey.

— Trent, le contrat est très spécifique. Les Railers ont un joueur qui a récemment fait son coming-out.

Je passai la bouteille d'eau de gauche à droite.

— Bon point pour lui. Je lui souhaite tout le succès au monde. En quoi cela me concerne-t-il ?

— Son entraîneur et lui...

— Ewww... Son entraîneur ? Oh, beurk ! Les avez-vous bien regardés ? Pouah ! Ce sont généralement des vieillards russes avec des poils qui leur sortent des oreilles et une haleine qui pue toujours la soupe aux pommes de terre et cornichons.

— Trent, ce à quoi l'homme ressemble n'est pas important…

— Peut-être pas pour vous.

— Ils espèrent que ce joueur gay et ses coéquipiers passeront quelques semaines avec vous à Rainbow Skate. Cela montrera au monde que les athlètes homosexuels sont des gens normaux, bienveillants et compétitifs.

— Si les grands pontes, là-bas, à TV-Land ne savent pas que nous sommes des gens normaux, alors qu'ils aillent se faire foutre et qu'ils se fourrent bien profond le balai qu'ils ont dans le cul. Encore une fois, je déclare que je ne fais pas dans les joueurs de hockey.

— Alors, la série ira à Connor, puisqu'il vient de faire son coming-out et de reconnaître qu'il était en phase de « questionnement » concernant sa sexualité.

Je bondis sur mes pieds.

— Par *l'enfer* ! Il est hors de question de me faire battre à nouveau par ce demeuré. Comment *ose*-t-il essayer de me surpasser ? Par tous les Dieux ! Je *déteste* cette petite merde. Bien. *Bien !* Dites aux gens de la télévision que je travaillerai avec les gorilles sur des patins, mais à la première remarque homophobe que j'entends ou si l'un d'entre eux m'attrape dans les douches, je me barrerai de là !

Je claquai la bouteille d'eau sur son bureau et me dirigeai vers la porte, mon manteau claquant autour de mes bottines en cuir.

— Avant de partir, vous devez lire et signer le contrat,

rappela Gayle, stoppant ma parfaite sortie digne d'une diva.

Je jetai un regard noir à la porte, me retournai et revins avec détermination à mon siège. Je saisis le contrat qu'elle me tendait et m'effondrai sur mon fauteuil. Oh, mon Dieu ! Il y avait tant de zéros. J'avais tellement, tellement besoin de ces zéros. Pourquoi rien n'était jamais facile ? Des joueurs de hockey... Je frissonnai, lus et signai.

— Je me sens si bon marché et sale, marmonnai-je dix minutes plus tard quand je me retrouvai sur Broad Street.

J'attachai mon manteau autour de ma taille. Un imbécile passa et me demanda si je savais en quel putain de mois nous étions.

— Oui, je sais que nous sommes en juin. La tenue avait besoin d'un manteau. Ne me jugez pas.

Je hélai un taxi. Je ne conduisais pas de voiture sauf en cas d'absolue nécessité. J'avais un scooter, et on aurait dit qu'il était sur le point de pleuvoir lorsque j'étais sorti.

— 2020 South et 16th Street, lançai-je au chauffeur après être entré et assis.

Il alluma le compteur et nous partîmes chez ma mère.

J'étais déchiré maintenant. D'un côté, c'était le moment le plus heureux de ma vie depuis que mon beau-père s'était enfui avec tout mon argent. D'un autre, travailler avec de grands joueurs de hockey idiots allait être épouvantable, même si l'un d'eux *était* gay. Je passai le temps du trajet à fixer la ville et les rues étroites.

Newbold – ou Point Breeze – était l'endroit où j'avais été élevé. Il y avait une belle communauté asiatique là-bas, avec beaucoup de gens du Laos, d'Indonésie, du Cambodge et des Philippines, d'où était originaire ma *Lola*. Maman et ma grand-mère essayaient de garder la tête hors de l'eau depuis la débâcle avec mon beau-père. Les taxes accusaient un sacré retard sur sa petite maison de briques. Je les payais depuis des années, mais maintenant… je n'avais même plus assez d'argent pour régler mon propre loyer. Puis, il y avait l'hypothèque sur Rainbow Skate.

— Ma vie est nulle, gémis-je lorsque nous nous garâmes devant la maison de ma mère.

Il était impossible que le taxi s'approche du bord du trottoir. Les voitures étaient garées pare-chocs contre pare-chocs.

— Bienvenue dans la vie, gamin.

— J'ai vingt-trois ans, rétorquai-je à M. Taximan.

Il haussa les épaules. Quelqu'un derrière nous se mit à klaxonner. Le chauffeur leur fit un doigt d'honneur. Je payai et lui accordai le meilleur pourboire que je pouvais. Je sentis son regard noir lorsqu'il constata à quel point il était ridicule, si bien que je me dépêchai de sortir du taxi jaune et de monter les marches en ciment pour trouver un soulagement béni face au méchant vieux monde.

Lola se trouvait dans la cuisine quand je surgis dans le vestibule. Elle m'adressa un simple regard et me tendit les bras. Je courus vers la petite femme ronde, aux cheveux argentés et l'attirai contre moi. Elle me caressa le dos, murmurant en pilipino. La pièce sentait la sauce soja. Peut-être préparait-elle du poulet adobo ? J'avais vraiment besoin de ses petits plats, bien que j'aie encore plus besoin de ses câlins.

— Où est maman ? demandai-je pendant l'étreinte.

— À la boutique, murmura *Lola*.

Je grimaçai, puis m'éloignai doucement.

— Je pensais qu'elle était en congé aujourd'hui,

soupirai-je, enlevant mon manteau et le drapant sur le dossier de la chaise usée.

Je m'assis et reçus rapidement une assiette de cuisse de poulet marinée dans une sauce soja, à l'ail et au vinaigre, servie sur du riz.

— Elle travaille trop dur.

— Pas plus ni moins que n'importe quel autre jour depuis qu'il s'est carapaté avec l'argent.

Je laissai échapper un soupir et pris du riz. Maman avait besoin d'une cure de désintoxication, eut égard à mon beau-père. Là encore, cela coûtait de l'argent.

— J'ai reçu une offre pour une émission de télévision. Ils me veulent pour star avec des joueurs de hockey, informai-je ma grand-mère.

Elle s'arrêta de se dandiner assez longtemps pour me montrer le maillot orange vif qu'elle portait.

— Tu vas faire une émission de télévision avec les Flyers ?

Elle pointa le logo sur ses seins.

— Non, pas les Flyers.

— Peuh ! Alors, mauvaise équipe de hockey.

— Ils viennent de Harrisburg.

— Presque aussi mauvaise que Pittsburgh !

Lola aimait ses Flyers. Comme tout le monde en ville sauf moi. Je ne faisais pas dans les joueurs de hockey. Jamais. Sauf que maintenant, il semblerait que ce soit le cas. Maudit soit mon beau-père et qu'il pourrisse en enfer !

— Ils me verseront beaucoup d'argent pour faire ce spectacle, *Lola*. Nous en avons besoin. Je pourrai payer la maison, la patinoire et aider financièrement maman pour qu'elle n'ait plus à faire de manucure-pédicure pour un salaire de misère et des pourboires ridicules sept jours sur sept.

Elle s'assit en face de moi à la table qui était aussi vieille et usée qu'elle. Bordel ! Comme tout ce qui se trouvait dans cette maison.

— Tu es un bon et gentil garçon. Mange plus.

Elle me tapota la main.

Essayez un peu de conserver un poids adéquat pour le patinage avec deux femmes pilipinos dans votre vie. C'était presque impossible. Vu que je n'aurai probablement plus jamais à patiner, pourquoi ne pas en reprendre ? Qui s'en soucierait ? Ce n'était pas comme si un des Railers admirerait la délicieuse courbure de mon cul. Merde ! Cela faisait longtemps que personne n'avait maté, commenté ou même tapoté ladite délicieuse courbure de mon cul.

— Puis-je avoir plus de riz ?

DEUX

Dieter

Je ne me souviens pas de la dernière fois où je m'étais senti comme ça. Au sommet du putain de monde !

Mon agent, Bob Stiller se trouvait à côté de moi, un stylo à la main et des papiers sur les genoux, négociant la partie suivante de ma lente évolution de carrière. Stiller était mon agent depuis mes dix-sept ans et jusqu'à présent, il avait bien réussi. En fait, j'arrivais à la fin d'un contrat à deux volets, où je passais l'essentiel de mon temps au Carlisle Rush, l'équipe de développement de la LAH (*NDT : Ligue Américaine de Hockey*) qui nourrissait les Railers de LNH (*NDT : Ligue Nationale de Hockey*) de jeunes recrues. Ce n'était pas mon rêve de rester coincé dans la LAH avec l'espoir de jouer avec les grands qui se trouvait juste hors de portée de main, cependant, cela me permettait de toucher un revenu stable et j'étais *si près* de gagner le gros lot.

En fait, j'avais passé la fin de la saison avec les Railers remplaçant les blessés, et j'avais même disputé quelques matchs éliminatoires avant qu'ils soient éjectés au deuxième tour.

Moi, je jouais pour avoir une chance de tout gagner : mon nom sur la coupe Stanley. Après tout ce temps.

Nous n'avions pas progressé jusque-là, mais bon sang, les Railers étaient une nouvelle équipe et personne ne s'était attendu à ce qu'ils se qualifient pour les éliminatoires, et encore moins qu'ils gagnent le premier round.

Et pourtant, j'avais fait partie de leur équipe qui était arrivée jusque-là. Je m'en étais bien sorti. J'avais été génial, en fait – marquant un but et ayant participé à cinq passes décisives au cours des dix matchs, je m'étais fait un nom ; la presse avait déclaré que les Railers devraient m'embaucher à plein temps, et annoncé des chiffres en millions. J'étais un joueur anonyme qui avait bossé tout seul avant de se retrouver dans l'équipe, et j'étais foutrement fier de moi.

— Alors, comment ça va ? demanda Dawson Brown, le directeur des Railers, croisant les mains et tapotant son menton.

La position familière était celle utilisée par Brown lorsqu'il pensait à des choses sérieuses. Comme si oui ou non, je méritais de continuer à jouer pour les Railers.

— Carlisle Rush a une haute opinion de vous.

— Merci, Monsieur. J'ai adoré passer du temps avec Rush.

C'était vrai, je ne mentais pas. C'était de bons gars. Certains d'entre eux ne monteraient jamais plus haut, n'atteindraient jamais la LNH, pour autant, c'était une équipe solide et j'avais brillé là-bas.

J'avais amassé des chiffres décents dans mon rôle en

première ligne sur l'aile gauche pour Rush – cette année, j'avais inscrit sept buts et participé à trente-quatre passes décisives. J'étais le meneur de jeu de l'équipe et j'avais adoré ça.

— Je ne veux pas vous contrarier, commença Brown, avant de poser les mains sur la table, juste au-dessus du dossier beige portant mon nom. Notre marge de manœuvre salariale est très étroite ; tout le monde sait que cela nous a coûté très cher de faire venir Tennant Rowe de Dallas. Avec Hurleigh signé pour les cinq prochaines années et le contrat d'Addison en cours de négociations, nous sommes très serrés.

— Rowe a été une excellente décision, dis-je quand il marqua une pause.

Comme si j'avais besoin d'ajouter une observation. Rowe était ce que certains appelaient un joueur générationnel – l'un de ceux qui étaient assez bons pour porter à lui tout seul une équipe quand ils en avaient besoin.

— Chez les Railers, nous sommes fiers de nos conditions justes et équitables, mais même nous, nous ne pouvons pas lutter contre l'augmentation du plafond de deux millions cette année, et vous êtes le seul des cinq agents libres avec restriction que nous voulons conserver.

J'accepterai ça, pensai-je. *Je prendrai les deux millions. Bon sang, à ce stade, je prendrais même deux dollars, car j'ai besoin d'une putain de stabilité.*

Soudain, je réalisai ce qu'il avait dit. Il avait explicitement déclaré que j'étais l'un des gars qu'ils souhaitaient garder. Rien à propos de revenir à un contrat à deux volets, avec mon temps partagé entre le Rush et les Railers s'ils avaient besoin de moi.

— Donc, en ce qui concerne les offres, que nous avons pour quelques joueurs...

Il étala les dossiers et j'en comptai cinq. Je savais exactement *qui* se trouvait dans ces chemises et je surpassais les quatre autres n'importe quand. Ce n'était pas de la morgue ni de l'arrogance ; c'était l'assurance de soi agrémentée par une petite quantité de fierté chimiquement améliorée concernant mes réalisations. Brown poursuivit, parlant de supériorité, de normes et d'avenir, et tout ce à quoi je pouvais penser était : *va droit au but déjà !*

— Nous aimerions vous faire une offre de qualification : un an, huit cents.

Je devrais être dans les nuages à cette annonce – une autre année avec les Railers était exactement ce dont j'avais envie – et je savais qu'il valait mieux ne rien dire. Stiller s'occuperait de la partie concernant l'argent.

— Nous pourrions bien envisager de prendre cela à l'arbitrage, déclara Stiller.

Parce qu'il y était obligé – il devait croire, en tant que mon agent, que je valais plus. Que se passerait-il si les Railers revenaient sur leur position et me disaient de partir ; qu'ils ne voulaient pas de moi si j'avais l'intention de me battre ?

Je voulais que Stiller arrête de discuter. Il continua, c'était son boulot.

Je l'écoutai à peine poser des questions, concernant l'arbitrage, le respect et de nombreux autres mots à la mode. Mieux investir dans mon avenir n'était pas qu'une question financière pour moi – c'était l'équipe, le hockey, et c'était à peu près tout.

— Nous allons prendre ceci avec nous, déclara finalement Stiller.

Il se leva et je l'imitai. Il tendit la main pour serrer celle de Brown. J'en fis de même là aussi, puis nous sortîmes dans le couloir.

Nous ne parlâmes pas avant d'être hors de l'East River Arena et du parking. Ma Toyota pratique était garée à côté de sa voiture et semblait encore plus usée face à la peinture argentée et brillante de sa Beemer.

— À votre avis, comment cela s'est-il passé ? demandai-je.

— Qu'en pensez-*vous* ? répondit-il.

Génial ! Je détestais quand les gens répondaient aux questions par d'autres questions.

— Eh bien, je pense que huit cents, c'est tout à fait correct. Je sais que ce n'est seulement que pour un an, mais je pourrai faire mes preuves et arriver en fin de saison avec un contrat pour plusieurs années.

Il acquiesça et serra ce dossier avec mon nom contre sa poitrine.

— C'est une bonne offre, déclara-t-il. Je suis d'accord pour reconnaître que cela vous permettra de vivre une année stable au même endroit – plus de voyages entre ici et Carlisle, plus de saisons fragmentées. Je ne sais juste pas quoi dire.

Je baissai les yeux sur mes pieds, puis vers le ciel, adossé à ma voiture. Qu'essayait-il de me faire comprendre ?

— Pensez-vous que je vaux plus que cela ? Que je devrais me battre pour avoir plus ? insistai-je, bien que je n'aie pas vraiment envie d'entendre ce qu'il allait répondre.

La dernière chose que Bob Stiller faisait était de flatter l'ego et de lécher le cul des joueurs. Il se montrait direct quand ils arrivaient et vous saviez qu'il faisait de son mieux avec ce qu'il avait.

— Oui et non, annonça-t-il prudemment, ce qui ne lui ressemblait pas, et je le dévisageai, surpris.

Je m'attendais à un « oui » sans équivoque, car dans ma tête, si je valais la peine que les Railers m'engagent pour un an, pourquoi serait-il en désaccord avec cela, et surtout, pourquoi diable y avait-il un « non » ?

— Que voulez-vous dire par là ?

Je devais insister, il se rapprocha et baissa la voix.

— Bien sûr, vous êtes digne de cette année avec les Railers : vous gardez la tête basse, travaillez sur votre conditionnement physique, vous vous assurez de bien observer les vétérans, vous vous présentez au mieux de votre forme, et vous pourriez envisager de négocier un accord pour plusieurs saisons, à cette époque, l'année prochaine.

— Vous savez que je peux faire tout ça : je suis un travailleur acharné et ma forme physique est bonne.

Il me fixa et fit cette grimace, celle qui indiquait qu'il voulait me poser une question, sans savoir comment procéder. Je me préparai pour l'inévitable.

— Oui, c'est bien, j'ai vu les chiffres... ce n'est simplement pas excellent.

— Quoi ?

Je pensais pourtant que mes cotes étaient plus que juste *bonnes*. Après tout, les Railers souhaitaient m'embaucher. Je serais dans la LNH, bébé. J'avais réussi !

— Comment va tout le reste ?

— À quoi songez-vous ?

J'étais passé maître pour retarder l'inéluctable.

Il haussa un sourcil en guise de réponse.

— Je vais bien, mentis-je, utilisant ma réponse standard.

Bob soupira de façon dramatique, ouvrit la portière de sa voiture et jeta le dossier à l'intérieur. Puis il se retourna vers moi et je savais qu'il allait dire quelque chose de mauvais – je pouvais le deviner à son expression.

— C'est la dernière année où je pourrai vous représenter, le dernier contrat que je négocie pour vous. Je ne prendrai pas cette proposition à l'arbitrage. Nous signerons et accepterons les huit cents, et ensuite vous devrez vous chercher un autre agent.

— C'est quoi ce bordel, Bob...

— Je le pense, gamin.

Il stoppa net mon explosion de colère parfaitement justifiée, avec un ton d'avertissement.

— Tu dois régler ta merde. Je mets mon cou sur le billot pour toi, là, et je n'aime pas la façon dont cela risque de me compromettre. Tu dois t'en sortir tout seul, ou te trouver de l'aide.

— Je ne sais pas de quoi vous parlez, dis-je si vite qu'il grimaça.

— Seigneur, Dieter ! Tu es en plein déni, mais je t'ai vu. Je sais que tu gobes tellement de ces putains de pilules...

— Parlez à voix basse, merde ! grognai-je avant de pénétrer dans son espace personnel, dans un geste d'intimidation classique.

Nous ne savions pas qui diable pouvait se cacher derrière les voitures et écouter ces conneries.

— Je suis clean et vous le savez.

— Tu l'étais, dit-il judicieusement, et il me fixa, me défiant de le contredire.

— J'ai eu une putain de blessure pendant les séries éliminatoires, déclarai-je, toujours à voix basse, tout près de lui, utilisant ma différence de taille de quinze centimètres et mon poids pour le menacer.

— Tu t'en sortais si bien, gamin.

Une soudaine colère m'envahit.

— Je ne suis pas un putain de gosse !

— Je n'ai pas évoqué ton souci précédent aux Railers. Ne me le fais pas regretter.

— Je n'ai aucun problème ! assénai-je.

Encore une fois, la réponse standard, la même que je ne cessais de me répéter, encore et encore.

J'avais été brutalement projeté contre les murs à la moitié du dernier match que les Railers avaient joué dans les séries éliminatoires. Cela avait fait mal. Mon genou me faisait souffrir. J'avais besoin de médicaments pour aider mon corps à guérir. Ce n'était pas comme si j'avais recommencé à en prendre vingt par jour. J'étais responsable.

Cette fois, le soupir de Bob fut plus profond.

— Seigneur ! commença-t-il, secouant la tête. Tu es un bon gars, Dieter, mais je dois m'éloigner. Tu peux le comprendre, non ? Cela n'a rien de personnel.

Bob était avec moi depuis le premier jour et il partait maintenant ? Juste ici, sur ce putain de parking, il me disait qu'il en avait fini ? Quel genre d'agent était-il pour abandonner un joueur à qui on venait juste d'offrir son premier véritable contrat honnête avec la LNH ?

— Vas te faire foutre, Bob ! crachai-je, car il était un abruti, et je le bousculai un peu, parce que bon sang, j'étais furieux de sa trahison.

Bob secoua la tête, monta dans sa voiture et était parti

longtemps avant que la tension dans ma poitrine ne s'atténue. Qui pensait-il donc être ?

— Tout va bien ? demanda quelqu'un derrière moi, et je me retournai pour faire face à Tennant Rowe, un joueur à l'air sérieux, avec un nouveau contrat mirifique de plusieurs millions de dollars et une chevelure stupide.

Il est deuxième ligne pour une raison, second meilleur joueur de la LNH, et il n'a été échangé qu'en raison du nom qu'il porte. Je pourrais être lui. J'aurais dû être repêché, et je l'aurais été si j'avais des frères qui jouaient pour les grandes équipes. Ce putain de connard de Tennant Rowe avec ses connards de frères.

Je me penchai de nouveau sur ma voiture, le souffle coupé par la haine corrosive qui avait accompagné ces pensées. Ten n'en était pas arrivé là grâce à son nom de famille ; il était sûrement un futur joueur de première ligne, et serait probablement capitaine un jour – il possédait une habileté et une vitesse qui défiaient parfois les statistiques, il était peut-être même un futur membre du fameux Temple de la Renommée des meilleurs joueurs de hockey.

D'où provenait toute cette rancune dans ma tête ?

— D ? insista Ten, venant se placer devant moi, arborant une telle inquiétude que je voulus le frapper, le cogner, l'enfoncer dans le sol.

Et la revoilà encore – cette vague d'agressivité violente qui me traversait. Je me pliai en deux et posai mes mains sur mes genoux.

Ten ne s'arrêta pas.

— Bon sang, mec ! Était-ce une mauvaise nouvelle ?

La rumeur avait sans doute déjà circulé, indiquant à tout le monde qui se trouvait en réunion à ce moment-là, et ce n'était un secret pour personne que j'étais l'un des cinq gars que les Railers cherchaient à embaucher. Ten faisait juste preuve de compassion.

— Non, j'ai un contrat qualificatif d'un an, dis-je, toujours penché. Mauvaise nourriture chinoise.

Ce fut la seule chose à laquelle je pus penser pour expliquer pourquoi j'avais l'air grisâtre, que je sifflais et que j'étais plié en deux. Je fis un effort pour me tenir droit, lentement, afin d'éviter l'inévitable sensation de vertige, et tombai nez à nez avec Ten, qui avait toujours l'air soucieux.

— Devrais-je appeler quelqu'un ? offrit-il.

— Non, c'est cool.

Ten tendit une main que je pris.

— Félicitations pour le contrat.

— Merci, mec.

— Je suppose qu'ils vous poseront des questions sur le truc de conditionnement de cet été. Cela fait partie d'une émission de téléréalité afin que ce patineur nous aide avec notre vitesse. Je me suis inscrit parce que je pense vraiment que nous pourrions apprendre quelque chose des patineurs artistiques, vous savez…

J'écoutai et hochai la tête aux bons moments, mais ce que je voulais surtout, c'était une bouteille d'eau. Je m'excusai, probablement au milieu d'une phrase, vu l'expression, bouche ouverte de Ten, et je sortis du garage. Ce n'est qu'après avoir quitté l'Aréna que je m'arrêtai sur le bas-côté. La bouteille d'eau à moitié finie dans la voiture était tiède, ce n'était pas grave, car elle m'aida à faire passer les pilules, et c'était là son seul but.

Mon genou pulsait et j'avais besoin d'être soulagé.

Je restai assis là pendant cinq bonnes minutes,

fléchissant mes doigts sur le volant et observant l'horloge. Effet placebo ou non, mes muscles commencèrent à se relâcher au bout de cinq minutes et je rentrai finalement à mon appartement. Fermer la porte revint à m'isoler du monde extérieur, cependant, il y avait deux messages sur mon répondeur. Un provenait de Layton Foxx, l'expert que les Railers avaient engagé pour s'occuper du coming-out gay de Ten et de son petit ami, Jared. Il n'était pas au courant de tout ce qui m'arrivait, bien qu'il soit informé de la sex-tape, et il s'occupait de régler le problème.

— … Donc je pense que ça pourrait être un cas où nous devrions prendre les devants, Dieter. Appelez-moi à votre retour et nous pourrons discuter des stratégies à suivre.

Layton était axé sur la tactique : comment gérer des problèmes énormes, qui impactaient une vie, de manière à ce que les fans ne quittent pas l'Aréna en masse. Il radota à propos d'heures, de dates possibles et d'un projet estival pour la vitesse et la forme. Je cessai d'écouter après un moment, comme je l'avais fait avec Ten. Je n'avais pas de temps à accorder aux gens – j'avais des idées en tête qui nécessitaient d'être organisées.

Le message de Marianna fut beaucoup plus pertinent.

— Twitter déclare que tu as un nouveau contrat. Mon prix est en hausse. Appelle-moi.

Ce fut tout ce qu'elle dit, avec son fameux accent français chantant, néanmoins, la mollesse de mes pensées filtra le message, le réduisant à un brouhaha dénué de sens qui ne pouvait pas m'inquiéter. Elle devrait publier la putain de sex-tape, et peut-être que j'en ressortirais célèbre par la suite. Je sortis deux bières de mon frigo et m'installai sur le canapé, regardant des rediffusions d'un jeu télévisé des années 80, sans comprendre pourquoi je trouvais tout cela si drôle, cependant, j'aimais le bonheur qui s'infiltrait dans mes veines.

J'avais décroché un contrat, je me sentais bien, mon genou ne me faisait pas mal et j'avais une bière à la main.

Dieu seul savait où Bob était parti, maintenant qu'il ne me représenterait plus. Il y avait une centaine d'agents, là, dehors, qui pourraient me rendre plus célèbre que lui. Certains d'entre eux n'hésiteraient pas à se servir de la sex-tape, pour que je me sorte de cette merde en sentant la rose, avec une légion de fans – des deux sexes – qui voudraient ensuite tous un morceau de moi.

Plus je restai allongé là-bas, alors que la brume sublime de mes pensées était redevenue cet endroit difficile auquel j'étais habitué, de plus, mon processus cérébral était bloqué sur une idée.

Comment était-il possible que je sois heureux que le monde entier me voie cul nu, lors d'un trio, où je baisais un mec quelconque, alors que je ne voulais pas que les gens sachent que je n'étais pas assez courageux pour supporter la douleur sans ingurgiter des médicaments ?

La réponse était aisée.

Il était plus facile d'admettre avoir eu des relations sexuelles, que d'avoir besoin de pilules pour rester sain d'esprit. Personne ne devait jamais le savoir.

Le courrier électronique qui arriva le lendemain matin, alors que je soignais ma gueule de bois, et que le message de Marianna était toujours sur mon appareil, était court, allait droit au but et n'était pas le bienvenu du tout.

Je me raccrochai au fait que mon avocat avait exigé que nous demandions une ordonnance restrictive contre elle, après qu'elle ait refusé de me laisser tranquille. Me traquer n'avait pas été la meilleure des choses à faire, pourtant elle s'était arrêtée à cela, jusqu'à l'apparition de cette putain de vidéo qu'elle faisait désormais planer au-dessus de ma tête.

Je ne pouvais pas penser à Marianna maintenant. Je devais me concentrer sur l'équipe.

Une invitation avait été lancée à tous les membres du groupe qui n'avaient pas encore planifié leur participation à un camp de conditionnement physique et de vitesse, et je me rappelai brusquement le message de Layton – enfin, la moitié que j'avais écoutée. Il avait évoqué le fait que cette formation constituait une bonne idée, et tout ce à quoi je pouvais penser, c'était que cela renforcerait l'esprit d'équipe, et que j'aurais quelque chose à faire pendant le long été qui s'étirait devant moi.

Je pris quelques petites pilules blanches et je les laissai agir avant de m'inscrire. Mon genou me faisait un peu mal et j'en avais besoin.

Il semblerait donc que je sois attendu à un camp d'entraînement avec un connard de patineur artistique à paillettes, et au fond de moi, je ne parvenais pas à comprendre pourquoi j'avais accepté. Je trouvai la page Wikipedia de ce Trent Hanson, bien que je n'aie pas vraiment besoin de chercher pour savoir qui il était. Les Railers étaient peut-être des joueurs de hockey, la glace restait de la glace. Je savais qui était Trent, je l'avais vu aux informations télévisées avec ses médailles et son succès, et je me rappelais vaguement d'un scandale à propos de son gestionnaire qui l'avait foutu en l'air.

— Bienvenue au club ! dis-je, saluant la salle vide avec ma première bière de la journée.

Puis cette chaleur familière s'infiltra dans mon cerveau, et je m'allongeai sur mon canapé en fixant le plafond.

Me cacher dans un camp serait probablement une excellente idée pour l'instant.

Et bordel ! Travailler avec un patineur artistique allait être une sacrée drôle de merde.

Comme cette fois où j'avais porté le numéro 69 sur mon maillot au collège, à la suite d'un pari.

Foutrement hilarant.

TROIS

Trent

Nous pouvions les entendre parler. Je jetai un coup d'œil au coin du couloir et les vis tous rassemblés là. Onze ou douze d'entre eux. Treize si vous comptiez un homme plus maigre, avec des cheveux noirs, qui ne semblait pas appartenir à la troupe. Treize types à la douzaine attendaient mon arrivée pour que mon tourment puisse commencer. Pourquoi la semaine qui avait précédé cette journée s'était-elle écoulée aussi rapidement ? J'avais tenté de la retenir, mais elle avait suivi son cours, sans se soucier de Trent. Le temps était un bâtard.

Je revins dans mon coin et regardai mon agent. Son nez était rose à cause du froid de la patinoire. J'adorais sa petite veste turquoise, et pris note mentalement de lui demander plus tard où elle l'avait achetée.

— Sommes-nous certains de ne pas vouloir de Jane Goodall (*NDT Célèbre éthologue et anthropologue anglaise, spécialisée dans l'étude des chimpanzés*) dans le rôle principal de ce spectacle ?

Gayle me lança un regard cinglant. Elle

perfectionnait rapidement cette expression. Cela lui servirait bien. Zut ! J'aurais dû porter l'un de mes diadèmes, juste histoire de les emmerder. Non pas qu'avec ce que j'avais mis, la situation ne risquait pas de devenir houleuse, dès que ces primates poseraient les yeux sur moi. Trent s'était-il habillé afin de semer la pagaille ? Oh oui, Trent s'en était assuré ! J'avais choisi le look « animé » pour la journée. Des cheveux colorés et crépus, des yeux soulignés de khôl – ce qui ne comptait pas, parce que je me maquillais les yeux tous les jours – un leggings moulant couleur saphir, sous un kilt court et volumineux avec du tulle vert, bleu et blanc, surmonté d'un sweater moulant bleu et blanc. Oh, et des bottes de randonnée bleu vif ainsi que quelques dizaines de bracelets à chaque poignet.

— Ils ont l'air de très gentils jeunes hommes, lança gaiement Gayle.

Je roulai des yeux, puis lançai un regard furtif à ma grand-mère. On aurait dit qu'il y avait une citrouille en colère à mes côtés. *Lola* était emmitouflée dans un maillot à l'effigie du numéro 17 des Flyers par-dessus un sweat à capuche, des Flyers également. Elle avait la cagoule remontée sur ses cheveux argentés et tout ce que l'on pouvait voir d'elle étaient deux yeux sombres et malheureux. Ses pieds minuscules étaient probablement glissés dans des chaussettes des Flyers.

— Qu'en penses-tu ? murmurai-je à ma grand-mère.

— Je n'aime pas.

Elle croisa les bras sur ses seins.

— Ils font tous des coups en douce.

— Vous voyez ? *Lola* est d'accord. Attaques mesquines.

J'inclinai une hanche et agitai une main gantée dans la direction générale des Railers.

— Coups bas ou pas, les contrats ont été signés et l'équipe de tournage sera là demain. Alors pourquoi n'iriez-vous pas leur dire bonjour ? Je suis sûre que ces messieurs ne ressemblent en rien aux garçons immatures avec lesquels vous êtes allé au lycée, me dit Gayle.

Je les étudiais à nouveau, les observais tour à tour. C'était tout à fait vrai. Les gars de ce groupe étaient encore plus *gros* que les adolescents qui avaient fait de chaque séance à la patinoire un défi de taille. Certes, ils étaient beaux dans le genre « crétins de grognards ». Des hommes costauds et attachants – mis à part le non-conformiste mentionné précédemment – qui occupaient beaucoup d'espace et d'air. Il y en avait un en particulier qui semblait encore plus grognon et plus crétin que les autres, à condition même que ce soit possible.

Il se tenait à l'écart, bien que près du groupe. Grand, épaules aussi larges que la bôme d'un voilier, taille effilée soulignant ces épaules monstrueuses, jambes longues et épaisses après des années passées sur la glace. Il avait vraiment des cuisses incroyables, ce qui était aussi mon cas, bien que proportionnellement beaucoup plus petites. Dieu merci pour les jeans et les hommes qui savaient que les jeans ajustés étaient les *seuls* qu'il fallait porter. La couleur de ses yeux restait un mystère à cette distance, cependant, sa mâchoire frappante se démarquait, ainsi que les moustaches sombres correspondant à ses cheveux ébouriffés.

Son comportement clochait. Les autres parlaient et riaient, tandis que lui restait en arrière, les mains dans les poches avant, les yeux rivés sur ses baskets. Distant et sexy. Ajoutez simplement au moins un défaut majeur concernant sa personnalité et une aversion pour les hommes qui portaient de l'eye-liner comme d'autres de la flanelle, et nous avions la recette de base pour chaque gorille qui poussait une rondelle.

— Nan, nan. Je ne peux pas faire ça.

L'homme étrange du groupe regarda dans ma direction et sourit. Je rejetai brusquement ma tête en arrière, et tentai de me cacher derrière la citrouille renfrognée dans des bottes Muk Luk vert citron.

— Bordel ! J'ai été repéré. Merde !

Gayle était sur le point de me dire de cesser d'agir telle une mauviette pervenche, lorsque les singes tournèrent au coin du couloir, menés par leur maître ou quelque chose du genre.

— Trent, c'est un plaisir de vous rencontrer enfin. Layton Foxx – je suis le responsable des réseaux sociaux des Railers et un grand fan. Adler et moi étions présents lors de votre spectacle quand vous êtes passé à Harrisburg. J'ai parlé avec votre agent au téléphone à quelques reprises et nous sommes très heureux d'avoir pu mettre ceci au point.

Je le laissai prendre ma main et la serrer, tandis que mes yeux croisaient et retenaient ceux de M. Distant. Il avait de jolies prunelles grises bien qu'elles soient assombries. Je remarquai la façon dont elles s'écarquillèrent légèrement quand il vit l'eye-liner et la teinte cobalt dont j'avais orné mes cheveux la nuit précédente.

— Charmé, murmurai-je, essayant de détacher mon regard de l'homme s'attardant à l'arrière de la nacelle, de la troupe, ou peu importe comment on pouvait appeler un rassemblement de singes maniant un bâton.

— Laissez-moi vous présenter les gars. Ils sont tous très excités à l'idée de participer à cette formation.

M. Foxx – et oui, il le fit – me conduisit par la main vers les Railers. Ils étaient tous si foutrement grands. J'essayai de ne pas regarder le type, seul à l'arrière, mais quelque chose chez lui continuait de m'obliger à le dévisager. Il y avait de la tristesse et de l'envie dans ses yeux lorsque nos regards se sont croisèrent, lors de ma présentation à Tennant Rowe, le joueur courageux qui avait reconnu ouvertement sa relation avec son entraîneur, Jared Madsen. Ledit Jared, en passant, explosa ma théorie selon laquelle tous les entraîneurs étaient de vieux russes laids avec des poils dans les oreilles assez longs pour les tresser et les décorer avec de petites perles scintillantes tout droit sorties de l'eau. Tennant et Jared formaient un couple remarquable et leur affection l'un pour l'autre planait dans l'air froid, à l'instar de l'odeur d'un magnolia par une nuit d'été.

Trent, mon chéri, cesse tes envolées lyriques sur les gorilles. Ils sont beaux, bien sûr, mais ils vont te jeter de la merde en pleine gueule, comme tous les autres sales singes.

Je leur serrai tous la main, des noms tels que Adler et Arvy se confondant à mesure que je me rapprochais de M. Distant aux yeux mélancoliques. Il tendit la main vers moi, avant même que Layton puisse faire les présentations de manière appropriée. Même avec mes minces gants bleus, son contact embrasa ma peau. La chaleur et la force de sa paume s'insinuèrent à travers le coton pur qui recouvrait la mienne. La sensation se répandit sur mes doigts et remonta, de mon bras à mon visage. Ou était-ce le fruit de mon imagination ? Cela m'arrivait à l'occasion, d'après certaines personnes.

— Trent, voici Dieter Lehmann. Il vient juste de signer un joli contrat d'un an avec les Railers pour jouer sur l'aile gauche.

— Comme c'est excitant !

Je lançai un coup d'œil à Gayle. Elle tourna la tête vers l'individu qui saisissait mes doigts un peu trop fort.

— Alors… euh… Dieter, que pensez-vous pouvoir apprendre de moi ?

— Ce que je peux apprendre de *vous* ? répéta-t-il.

Je hochai la tête et me préparai au vomissement du premier commentaire haineux.

— La vitesse, en utilisant davantage les bords, apprendre à tourner plus vite sur la glace.

Oh ! Tout cela était exact. Merde ! Même pas un soupçon de dérision. Assez étrange, à vrai dire.

— Et vous vous sentez à l'aise avec l'idée qu'un petit pédé de patineur artistique qui caracole partout soit en charge de votre entraînement ?

— Totalement, répondit-il, et je n'étais pas vraiment sûr que nous parlions encore de compétences sur la glace.

— *Trent !* entendis-je Gayle haleter.

M. Mes-Yeux-Pourraient-Être-Une-Chanson-De-Robert-John (*NDT Auteur-compositeur-interprète américain, connu pour son titre à succès « Sad Eyes » - ou yeux tristes*) continua de me dévisager.

— Tu crains, entendis-je dire *Lola.*

Cela brisa l'intensité de l'échange entre Dieter et Trent. Mon attention se reporta sur ma chère et douce grand-mère qui enfonçait un doigt dans la poitrine de Tennant Rowe.

Le haut de sa tête lui arrivait *peut-être* au milieu du torse, et encore !

— Excusez la citrouille à la langue acérée, autrement connue comme ma grand-mère, dis-je tout haut, m'éloignant de Lehmann et de ses yeux mystérieux. Ce n'est pas une fan.

— Ouais, je peux voir où va sa loyauté, répondit Rowe avec un sourire ironique. Vous avez une excellente équipe ici à Philly, Mme Hanson.

— Bon sang, c'est vrai ! se vanta *Lola*, puis elle ricana en direction des hommes gigantesques qui lui souriaient.

— Pourquoi ne laisserions-nous pas les Railers faire le tour de la patinoire, puis nous irons déjeuner chez Pat et discuterons de ce que la chaîne espère retirer de cette émission de téléréalité ? déclara Gayle, en tant que parfaite hôtesse, allant même jusqu'à désigner gracieusement la patinoire.

La visite fut rapide et concise, montrant rapidement aux Railers où tout se trouvait. Tandis que nous nous attardions le long des palissades, j'expliquai aux personnes rassemblées autour de moi ce que j'espérais pouvoir accomplir.

— Cette patinoire est ma vie. Mon rêve.

Je tapotai doucement ma poitrine.

— C'est un endroit sûr pour les jeunes LGBT, victimes d'intimidation, de dénigrement et de persécution par leurs amis, leur famille et la société. Ainsi que nous le savons tous, la masculinité toxique sévit dans le sport. Je lutte contre l'homophobie institutionnalisée dans le patinage artistique depuis des années. La haine frappe les enfants tôt et les handicape émotionnellement et créativement. Je fais cette émission afin de sauver Rainbow Skate.

Je n'évoquerais pas de mes raisons personnelles, bien que le monde entier sache que j'étais ruiné. Toutefois, il me restait un peu de fierté.

— Je pense que nous pouvons faire du bien, sincèrement. Peut-être pouvons-nous montrer aux bigots qui regarderont, que des athlètes homosexuels et hétérosexuels ne sont pas si différents. Espérons qu'un futur patineur ou Railer effrayé regardera et se sentira plus fort. Ainsi, même si vous allez acquérir de nouvelles compétences que je vous transmettrai, le monde dans son ensemble en bénéficiera également.

— Et qu'allez-vous tirer personnellement de cette expérience ? demanda Dieter, sa voix s'élevant au-dessus des murmures d'acquiescement de l'équipe, de mon agent et de ma grand-mère, qui semblait avoir surmonté sa haine des Railers.

Pendant toute la tournée, elle était restée accrochée au coude de Jared Madsen. Elle avait tenu une conversation qui allait du hockey à la popularité du patinage artistique dans son pays natal, exprimant à quel point elle se sentait désolée qu'il ait dû connaître une vie aussi démunie, puisqu'il n'avait jamais mangé de *lumpia*, une sorte de roulé à la viande apprécié aux Philippines. J'étais prêt à parier cent dollars que lorsqu'elle reviendrait à la patinoire demain, elle aurait des casseroles de *lumpia* pour les Railers.

— Moi ?

Réponse remarquable, Trent.

— Oui, vous. Qu'espérez-vous apprendre de nous ? persista Dieter.

— Eh bien, ce ne sera certainement *pas* le sens de la mode.

Je leur faisais un peu d'ombre à tous, à ce niveau.

La majorité se mit à rire. Seul Dieter s'abstint. Il semblait incroyablement concentré sur moi pour une raison quelconque. J'avais le sentiment d'être décalé et cela me rendait nerveux. C'était l'intensité de son examen, je suppose. Quoi qu'il y ait chez cet homme, cela me crispait, et n'était pas sans me rappeler ce que je ressentais, assis dans la zone des baisers et des pleurs après une performance, attendant les notes attribuées par les juges.

— Je ne sais pas ce qu'il en est pour vous autres, mais mon estomac me dit que nous sommes en retard pour le déjeuner. Devrions-nous prendre la direction de ce Pat ? intervint M. Foxx après ce moment embarrassant.

Mon regard resta bloqué sur Dieter, jusqu'à ce que le groupe se retourne et se dirige vers la sortie. Alors même qu'il s'éloignait, ma vue se fixa sur son large dos.

Qu'espérais-je apprendre de cette expérience ? Je n'en avais pas la moindre idée. Sérieusement, qu'est-ce que des babouins sur des patins pourraient m'enseigner ? Tout n'était qu'une question d'argent pour Trent Hanson. Toutefois, je savais, qu'il y avait un million de mystères tristes dans les yeux renversants de Dieter Lehmann et que j'étais une petite créature curieuse tout au fond de moi.

Le déjeuner au célèbre restaurant, réputé pour ses steaks au fromage avait étrangement ressemblé au moment où les hyènes du zoo de Philadelphie étaient nourries. En avaient-ils d'ailleurs ? Cela faisait des années depuis ma dernière visite. Pas important. Les Railers mangèrent comme des prédateurs affamés. C'était l'idée qui importait. Je m'échappai de bonne heure de cette frénésie alimentaire, évoquant la faible excuse selon laquelle ma grand-mère avait besoin d'une sieste.

Maman était à la maison, rentrée après son travail, quand nous arrivâmes. Elle demanda si nous avions mangé.

Lola et moi avions partagé un cheesesteak ordinaire, chacun savourant la moitié. Je ne patinais peut-être pas, mais je ne voulais pas dépasser les soixante-trois kilos, si possible. Mes vêtements seraient trop moulants, et je deviendrais hargneux et laid. Un homme de ma taille – un mètre soixante-quinze – ne devrait jamais passer outre ce poids et s'attendre à avoir fière allure dans un pantalon de compétition en spandex. Aussi, un jour, quand mes soucis d'argent auraient disparu, je pourrais vouloir revenir aux Jeux Olympiques. Je voulais toujours une médaille d'or. Bien que ce soit un gros « peut-être ».

Concentre-toi sur le présent, Trent. Focalise-toi sur la façon dont cet homme, ce Dieter a mangé son plat sans te quitter des yeux. Il est soit attiré par ton petit cul parfait, soit en train de planifier un moyen de t'isoler dans les toilettes pour hommes pour te plonger la tête dans la cuvette.

— J'espère qu'il est chaud, marmonnai-je, alors que mon esprit jouait avec l'idée épouvantable de moi et d'un – *GLUPS !* – joueur de hockey.

— Tu espères qu'il fera chaud ? demanda ma mère.

Je chassai cet horrible fantasme. De toute évidence, cela faisait trop longtemps que personne ne m'avait sucé. Je sortirai sans doute dans les clubs ce soir. Philly en avait des tas. Il existait une communauté gay fière et dynamique ici. Pour autant, sortir en boîte coûtait de l'argent. Devrais-je contacter une ancienne flamme ? Non, ils étaient tous en colère après moi, raison pour laquelle ils étaient de *vieilles* flammes. Seigneur ! Me branler commençait à être ennuyeux.

— Trent. As-tu apporté la canne de ta grand-mère ?

— Désolé, je pensais à... ce bonhomme de neige dans *Frozen*.

Son expression fut inestimable. Maman pouvait vous lancer un regard de travers, aussi bien qu'une drag queen, c'était grâce à elle que j'avais appris à en faire autant. Son air impertinent manquait cependant. Les cernes noirs sous ses yeux d'un brun profond racontaient toute une histoire. Ils me disaient que j'étais un raté en tant que fils et homme d'affaires pour avoir permis à cet enfoiré, qui ne devait pas être nommé, de m'avoir utilisé de cette manière.

— Elle l'avait quand nous sommes rentrés. Elle l'a probablement glissée dans le porte-parapluie près de la porte d'entrée. Elle le fait toujours.

Maman soupira. Elle le faisait souvent, lorsque cela concernait ma *Lola*. Et moi aussi, j'en étais sûr.

— Maman, pourquoi ne prendrais-tu pas un jour de congé demain ? Viens à la patinoire et regarde-les tourner une émission de télévision avec ton fils ?

— Trent, bébé, je dois travailler demain. Mon carnet de rendez-vous est plein.

Elle tendit la main pour me tapoter le visage, puis se retourna pour préparer une soupe de poulet en conserve pour son dîner, puisque *Lola* et moi avions dégusté un steak dans l'après-midi. Maman n'était pas beaucoup plus grande que ma grand-mère et je n'étais pas beaucoup plus grand que ma mère. Un nabot. Pouah ! Vous voyez ? Passer toute la journée à marcher avec des séquoias m'avait donné l'impression d'être chétif et invisible.

— Demande à l'une des autres manucures de s'en charger. Je te paierai pour la journée. Viens à la patinoire. S'il te plaît ? Je veux que tu fasses partie du spectacle.

Elle me fit signe de me taire, avec un rire qui exprimait son malaise.

— Personne ne veut me regarder. Ils ont assez aperçu mon stupide visage au cours de la dernière année. Ils préfèrent t'admirer, toi, pas cette idiote qui a épousé un homme qui a volé l'argent de son petit garçon et l'a dépensé avec d'autres femmes, des chiens de course et au black jack.

— Ce n'est *pas du tout* le cas.

J'enroulai mes bras autour d'elle et la rapprochai de moi. Je l'entendis qui inspirait en tremblant.

— Maman, nous jugeons tous mal les gens. Regarde mon ex, Gunther. Je pensais qu'il était un être humain. Il s'est avéré n'être qu'un furoncle.

Elle renifla avec dédain.

— Tu ne l'as pas épousé.

J'embrassai ses doux cheveux noirs. Non, je ne l'avais pas fait, mais j'avais eu des pensées amusantes. Ensuite, il avait eu raison de mon emploi du temps, de mon manque de relations sexuelles et il m'avait trompé avec Alexander Kruglov, mon ennemi mortel de l'équipe de patinage artistique russe. Putain de Gunther ! La tumeur !

— Ce qui s'est passé appartient au passé. S'il te plaît, viens à la patinoire.

— Peut-être un autre jour, Trent. J'aime travailler. Cela m'empêche de réfléchir à ce que j'ai fait à ta vie. J'aurais dû rester veuve.

— Maman, tu pensais bien faire en me trouvant un père.

Elle s'éloigna de moi, sa colère devenant palpable.

— Et quel père je t'ai trouvé ! Il détestait tout à propos de toi, une fois que tu as commencé à te découvrir.

— Eh bien, il a trouvé une chose chez moi qui lui plaisait. Mon argent.

Elle fronça les sourcils devant la bouteille d'eau qu'elle tenait dans la main.

— Je suis désolé. C'était méchant de ma part. Maman, ce n'est pas de ta faute. Au mieux, j'aurais dû faire plus attention à la gestion de mes revenus. Mais *non*, tant que j'avais ce qu'il fallait pour voyager, acheter des vêtements et des jouets pour garçons, j'étais heureux de rester dans le noir.

— Ton père me manque tellement.

Je savais qu'elle ne mentait pas. Je ne l'avais jamais connu. Il avait été tué dans un accident de voiture quand j'étais bébé. J'imagine que ce que je regrettais, c'était l'idée que je me faisais d'une personne que je *pensais* être un bon père. L'homme dont elle m'avait parlé avait creusé un vide affectif en moi. Un type ordinaire qui travaillait dans un garage, à réparer des voitures importées et qui aimait la vie. Ils s'étaient rencontrés jeunes, étaient tombés amoureux et m'avaient conçu alors qu'elle avait à peine quinze ans. *Lola* n'avait *pas* été heureuse de cette situation, puis les enfants s'étaient mariées, elle avait donc fini par se calmer. Papa avait dix-huit ans quand il était mort, six mois après ma naissance. À présent, maman avait l'air plus âgé qu'elle ne l'était, à quelques mois de son quarantième anniversaire. La vie avait été dure pour

Donna Hanson Gallo. Cela se voyait dans ses yeux et dans l'affaissement de ses épaules minces.

— Il serait fier de nous. Nous n'abandonnons pas.

Je m'approchai d'elle et pris sa main dans la mienne pour que nous puissions verser de l'eau dans la casserole ensemble.

Elle me sourit faiblement.

— Il serait si content. Il a toujours dit que de grandes choses t'attendaient.

— Alors, un jour, tu viendras sur le tournage de l'émission ?

— Oui, Trent. Juste, pas demain.

Elle remua la soupe condensée dans l'eau et posa la casserole sur le feu.

Je m'attardai près du vieux frigo, mon attention attirée par la flamme bleue du gaz qui dansait sous le pot bosselé. J'aurais vraiment aimé qu'elle vienne à la patinoire, et soit près de moi, dès le premier jour. Mes tripes commençaient déjà à se nouer. Et si l'émission échouait et qu'elle était annulée après le premier épisode ? Où irions-nous alors ? Dans un refuge pour pauvres. Trent, sa famille et tous ses vêtements fabuleux seraient dans un abri, chantant pour une pièce ou deux.

— D'accord, maman, tant que tu peux venir bientôt.

Je voulais *vraiment* que nos jours heureux reviennent.

QUATRE

Dieter

Le covoiturage avait semblé être une bonne idée sur le moment, seulement, finir par me retrouver avec Stan et Arvy, dans la même voiture s'avérait être atrocement bruyant, surtout si tôt le matin.

Arvy essayait d'enseigner l'anglais à Stan, et le pauvre Russe semblait penser que plus il répétait un mot à voix forte, mieux c'était. Cela n'aidait pas qu'Arvy conduise et que je me retrouve à l'avant, côté passager, avec Stan glissant sa tête entre nos deux sièges, ses cris me tombaient donc directement dans les oreilles.

— J'ai marqué un but ! l'encouragea Arvy.

— Je. Marque. But ! hurla Stan, levant les mains au-dessus de sa tête, triomphalement. C'est bon apprendre.

— C'est une bonne chose à apprendre, le corrigea Arvy.

— C'est bon, j'ai dit, déclara Stan, levant de nouveau les mains. But !

Au moment où j'arrivai à la Rainbow Skate Arena, avec son panneau de bienvenue brillant, mon mal de tête avait augmenté de façon exponentielle, j'avalai des médicaments et espérai que cela disparaîtrait avant que je ne doive à nouveau faire face à Trent.

Trent avec son attitude, son sourire, ses yeux sombres et son maquillage. Je l'avais surpris à me dévisager à plusieurs reprises, et ce, parce que je le regardais aussi. Il incarnait mon contraire absolu, c'était tout ce à quoi je pouvais penser. Il faisait bien quinze centimètres de moins que moi, il était plein de couleurs et de vie, là où je portais un jean et un sweat à capuche des Railers. J'avais écouté ce qu'il espérait que nous apprendrions de lui, et m'étais senti obligé de lui demander ce qu'il absorberait de nous. Qu'est-ce qu'une bande de joueurs de hockey d'après-saison, bruyants, et sans concentration pourrait enseigner au petit danseur ?

— Tu crois qu'il va nous apprendre la pirouette ? demanda Arvy avec sérieux, attachant ses patins.

— Pin ooh lette ? répéta Stan, se concentrant sur le mot le plus difficile.

— Pi-roo-ette, corrigea Arvy.

— Pi-roo-nayet, reprit Stan.

« Pirouette » était un mot délicat, et notre gardien l'avait si atrocement charcuté, au point que je devais en rire.

— Pas rire de moi, lança Stan en fronçant les sourcils et poussant sur ma cuisse.

Ce qui me fit mal, parce que merde, il était fort.

Je levai les deux mains, feignant l'innocence.

— Je ne me moquais pas de toi, c'est juste que c'est un mot vraiment étrange, voulus-je expliquer, puis je vis l'expression perplexe de Stan à mes mots. Ça ne fait rien.

Les patins lacés, je mis ma sous-armure, tirai les

sangles bien fermement, puis enfilai mon maillot. Normalement, nous utilisions des tenues d'entraînement pour ce genre de situation, cependant, les caméras voulaient voir nos noms et nos numéros pour renforcer la notoriété de notre marque. Lorsque je jetai un coup d'œil dans la pièce, au grand Stan, à notre immense capitaine, Hurleigh, à un Ten plus fin, bien que costaud, je constatai que nous étions tous différents, et que pourtant, il y avait une véritable constante ici. Peut-être étions-nous tous trop semblables pour que les non-amateurs de hockey nous différencient.

Je levai les yeux quand la porte s'ouvrit et Trent entra, cette fois sans sa grand-mère vêtue d'orange à ses côtés. Il était impossible que qui que ce soit ignore qui il était. Il portait ce que je devinais être sa version d'un maillot d'entraînement : un pantalon noir moulant et un tee-shirt gris foncé bien ajusté avec une touche de diamants sur le col en V. Ses cheveux étaient plus foncés aujourd'hui, bien que son maquillage soit plus flamboyant, son brillant à lèvres écarlate, ses yeux, soulignés d'un trait noir. Des caméras le suivirent à l'intérieur et il nous sourit.

Quelqu'un d'autre dans la pièce avait-il remarqué que le sourire n'atteignait pas tout à fait ses yeux ? Je fis courir mon regard le long de son corps, m'arrêtant momentanément à l'aine. Je fis semblant de vérifier s'il portait une coque, alors que je savais exactement ce que je faisais. Je continuais de le mater, depuis ses cuisses puissantes, aux muscles visibles sous le pantalon, jusqu'aux patins.

Pas des patins de patinage artistique.

Des patins de hockey.

— Vous portez notre équipement, lâchai-je, parce que, bordel, je n'avais aucun contrôle sur ma bouche d'idiot.

Le cameraman bougea, zooma sur mon visage, et je fis de mon mieux pour avoir l'air neutre.

Trent me dévisagea, puis prit une pose, juste à temps pour que la caméra se tourne vers lui.

— J'ai besoin de sentir ce que vous faites si je veux vous proposer un programme adapté, répondit-il, finissant par un signe de tête et une très jolie moue de ses lèvres douces. Il connaissait son rôle de flamboyant par cœur.

— Je ne veux pas que vous tombiez, rétorquai-je.

Pourquoi avais-je dit ça ? Pourquoi ne pouvais-je simplement pas accepter sa réponse et passer à autre chose ? Car ce qui s'ensuivit fut entièrement de ma faute.

Il tendit la main.

— Venez avec moi.

Je n'avais pas vraiment le choix, car tous les yeux étaient rivés sur moi et le caméraman s'était concentré sur le crétin que j'étais.

Je pris donc sa main, il me conduisit hors des vestiaires, dans un petit couloir avant de m'amener sur la glace. Il était évident qu'il s'agissait de ma première fois sur cette patinoire, peu importe : dès que mes lames retrouvèrent la surface dure et froide, j'étais chez moi. Il y avait là les marques d'un terrain de hockey, mais pas de plexiglas, seulement au niveau de l'ovale.

Je tenais toujours sa main qu'il serrait fort. Il patina avant de glisser, je suivis son action, et bientôt nous patinions doucement, formant des figures représentant un huit. Il portait des gants minces, je ne pouvais donc pas sentir directement la chaleur de sa peau, et sa poigne était ferme et sûre, d'autant qu'il n'avait apparemment pas peur de me faire tomber sur mon gros cul ni d'avoir à me suivre à cause de notre élan.

— Ne pensez même pas à me soulever, murmurai-je quand nous nous retrouvâmes au sommet d'un nouveau huit, bien loin de la caméra.

Il me regarda de côté.

— De même, rétorqua-t-il.

Il y avait un soupçon de sourire là, et cette fois, il atteignait les yeux.

— Accélérez dans les croisements, puis arrêtez-vous rapidement au milieu.

— Au centre de la glace ? demandai-je afin d'avoir une confirmation.

Il acquiesça et me lâcha la main. Je pris toute la vitesse que je savais posséder, ajoutant quelques croisements précis, puis je raclai la partie plate de ma lame sur la glace, et m'arrêtai, parfaitement immobile, au beau milieu du cercle central.

Je réalisai que la caméra s'était orientée vers Trent, qui répéta ce que je venais de faire, avec un beau jeu de jambes en passant. Puis il fit son truc avec son corps – une sorte de torsion et de saut – et atterrit, provoquant une gerbe de glace. Lorsqu'il s'arrêta, ses lames perdirent leur élan, littéralement à un centimètre des miennes. Il s'était contenté d'imiter mes mouvements, ajoutant juste un soupçon de *danse* en plus, et il n'était pas tombé sur le cul, en dépit de l'absence de crans qu'il avait sur le bout de ses patins habituels.

— Je suppose que vous ne tomberez pas, déclarai-je d'un ton impassible.

Il posa ses mains sur ses hanches minces et leva les yeux vers moi.

— Je le ferai probablement, me contra-t-il. Au moins, ce sera avec style.

— Pas d'écrasement contre les rambardes, donc, persistais-je.

Je ne voulais pas que notre conversation se termine, mais à ce moment-là, le reste de l'équipe m'avait rejoint et Trent passa de son statut de monsieur-je-sais-tout arrogant avec un sourire taquin, en mode professionnel. Il attendit que tout le monde fût rangé autour de lui, sa seule réaction lorsque nous mîmes tous un genou sur la glace fut de hausser un sourcil. Je pouvais deviner qu'il voulait lancer une remarque – probablement un commentaire grivois au sujet d'hommes à genoux – toutefois, il se retint. Je songeai à sortir une blague pour susciter une réaction, néanmoins, ce n'était pas mon rôle de balancer des conneries inappropriées dans cette équipe – c'était celui d'Adler Lockhart, avec sa capacité à laisser parler sa bouche, sans aucun filtre.

En tout cas, mon genou me faisait mal.

— Nous allons revenir à l'essentiel, annonça Trent. Je tiens à tous vous filmer pendant vos exercices. Équilibre, glissades, sauts, fentes, foulées, croisements afin que je puisse effectuer un travail préparatoire et déterminer là où vous avez le plus besoin d'aide.

Je vis quelques joueurs échanger des regards désabusés. Je ressentis cette envie insensée de les forcer à écouter ce qu'il disait, cependant, je me contins. Un regard de travers du capitaine, et ils s'arrêtèrent en levant les yeux au ciel, je sentis régner un certain malaise dans le public de Trent. Je suppose qu'aucun de nous ne s'était attendu à ce que nous revenions aux bases.

— Qui veut passer en premier ?

Ten leva la main, avant de la baisser aussi vite, lorsque ses coéquipiers, moi y compris, crièrent des réflexions comme « lèche-cul ! » et « nous ne sommes pas à l'école ! » Je savais que ce serait Ten qui se proposerait le premier, il était si avide d'apprendre et de s'améliorer tout le temps.

Et il a besoin de s'améliorer. Il est seulement ici grâce à son nom. Ce n'est pas une putain de superstar.

Je repoussai mes pensées et me dirigeai vers le but afin de rejoindre la ligne. Je ne me trouvais ni à l'avant, ni à l'arrière, juste confortablement au milieu, après Stan. En tant que gardien de but, Stan n'était pas le meilleur patineur, bien qu'il sache bouger, et nous l'avions même surpris en train de faire la roue dans le couloir avant l'un des matchs des séries éliminatoires. Il était définitivement souple.

Ten obéit, prenant de la vitesse, formant la figure en huit, avec hésitation au début, puis avec une vitesse affolante. Il plana, sauta et fit tout ce qui lui avait été demandé. Il s'arrêta brusquement à l'arrière de la queue, tel un enfant qui venait de faire un tour de toboggan et qui avait hâte de recommencer. Putain de Boy-scout !

Lorsque ce fut le tour de Stan, il se montra beaucoup moins gracieux que Ten, toutefois, il était puissant, et sa présence sur la glace était conséquente. Seulement, il ne s'arrêta pas aussi bien qu'il aurait dû, et je sentis l'inévitable arriver avant même que cela ne se produise.

Contact violent entre lui et Trent, le plus petit des deux vacilla un peu avant que Stan ne l'attrape et le soulève du sol, à l'instar de Scarlett dans *Autant en Emporte le Vent*.

Stan se répandit désespérément en excuses, et Trent,

minuscule dans ses bras énormes, sembla légèrement paniqué avant que son choc cède la place à un rire faux.

— Nous allons donc faire un patineur artistique de vous, déclara Trent pour les caméras, une petite tirade parfaite.

Stan le reposa et il souriait.

— J'aide, annonça-t-il, acquiesçant comme si sa déclaration était d'une importance capitale.

Frimeur !

J'étais le suivant, j'imitai exactement ce que les autres avaient fait, avec mon talent habituel sur les croisements, ma confiance dans les petits sauts, augmentant ma vitesse et m'arrêtant net à quelques centimètres des patins de Trent. Il ne broncha pas, je ne m'excusai pas non plus, et un je-ne-sais-quoi se passa entre nous. Une montée quelconque – une attirance, un défi, de l'excitation ? Putain, je ne savais pas ce que c'était, mais cet homme s'était glissé sous ma peau et je n'arrivais pas à détourner mon regard de ses lèvres.

J'aurais dû le soulever, comme Stan juste avant. Je pouvais y arriver, il était aussi léger que l'air, je l'aurais probablement plié en deux. Et il aurait l'air très beau dans mes bras.

Et dans mon lit, étalé sur les couvertures, m'attendant pour...

— La Terre à Dieter… Fous le camp du chemin, mec, c'est à mon tour.

Arvy me heurta, je contemplai fixement, mes doigts qui me démangeaient avec le besoin de porter Trent.

La bousculade soudaine me tira de ma rêverie éveillée et je rejoignis la file à l'arrière, attendant mon prochain tour.

De temps en temps, Trent me lançait un coup d'œil prudent, sournoisement, quand il tournait le dos à la caméra. Néanmoins, je le remarquai et ne détournai pas les yeux.

Il savait que je voulais venir le chercher. Il avait dû sentir que je désirais le mettre dans mon lit, son maquillage bavant, son gloss barbouillant ma queue.

La séance se termina, et je n'étais ni essoufflé ni trop endolori par le travail. Je venais juste de m'échauffer et, en dépit de mon genou blessé, j'avais l'impression que nous venions de faire un tour de patinage tranquille, en famille, au lieu d'un entraînement. La caméra se trouvait de nouveau dans les vestiaires, avec nous, et une partie de moi espérait que Trent partagerait notre espace. Pas de chance – aujourd'hui, il s'agissait d'interviews individuelles avec les patineurs devant la caméra à propos de ce qu'ils souhaitaient apprendre de l'entraînement, aucun signe de Trent du tout.

Je me massai le genou tout en discutant.

— Je veux travailler sur ma vitesse, annonçai-je. J'ai vu d'autres patineurs bosser avec des gars comme Trent, et j'ai remarqué que la façon dont ils se tiennent accroît leur temps de réaction.

Quelques minutes plus tard, ils passèrent à Stan, qui essaya de transmettre son enthousiasme et finit par se contenter d'un pouce levé. Au moins, il ne pouvait pas massacrer cela.

Je m'excusai et, de retour dans mes vêtements de ville, je quittai les vestiaires. Je ne cherchai pas Trent et ne voulais pas le voir. Je n'avais rien à lui dire. Du moins, c'était ce que je m'étais imaginé.

Je le trouvai, cependant. Dans un bureau, au bout d'un

long couloir, après avoir suivi les pancartes indiquant l'endroit où dénicher le gérant. Je frappai à la porte ouverte et il leva les yeux avec surprise. Son maquillage était toujours parfait, et il s'était changé pour un tee-shirt ample et fluide qui ne dissimulait pas le corps mince et tonique qui se cachait dessous.

Il écarquilla les yeux pendant une seconde, puis se relaxa dans son fauteuil.

— Puis-je vous aider ? demanda-t-il. Auriez-vous besoin de quelque chose ?

Toi, songeai-je, sans m'exprimer à haute voix.

— Accordez-vous des cours particuliers ? m'enquis-je, avant de paniquer pour un moment. *« Putain, qu'est-ce que je viens de dire ? »*

Il se leva du bureau, vint à l'avant et s'assit sur le bord.

— J'ai un contrat. Je ne suis pas autorisé à former en privé quelqu'un faisant partie de l'émission.

Merde ! Cela m'aurait fourni une raison de passer du temps seul avec le sexy Trent. Je m'approchai de son bureau, prenant une photo de lui lors des jeux de Sochi.

— Argent, résumai-je, avant de reposer le cadre.

— Vous n'avez jamais été appelé à jouer pour… l'Allemagne, n'est-ce pas ?

— J'ai du mal à imaginer que cela se produise un jour, reconnus-je, avec une énorme dose d'autodérision.

J'avais la double nationalité, allemande et canadienne, avec une forte préférence pour les Canadiens. Pourtant, c'était l'Allemagne, la nation pour laquelle j'aimerais jouer.

À bien y penser, l'équipe allemande constituerait mon option la plus probable. Le Canada possédait déjà plein de joueurs émérites.

— Alors… commença Trent.

Je m'attendais à ce qu'il ajoute un truc du genre « c'est bizarre » qui comblerait le vide conversationnel. Puis il poursuivit et me prit totalement au dépourvu.

— Je t'ai bien observé et j'aurais aimé voir l'impression de pouvoir te faire suffisamment confiance pour t'embrasser, mais ce n'est pas le cas. Désolé.

Je clignai des yeux, pris de court.

— Quoi ?

Il inclina la tête et me regarda pensivement.

— Tu es gay, non ? Ou bi ? Ai-je tort ?

Il se crispa un peu, comme s'il s'attendait à ce que je le batte pour avoir osé poser cette question.

— Bi, concédai-je, lançant un bref coup d'œil derrière moi.

— Je savais que tu l'étais… je peux sentir quand un type évalue la taille de ma queue.

— Ton cul, le corrigeai-je. Je jugeais ton cul.

Trent se tapota l'arrière-train.

— C'est un bon coup, commenta-t-il, donnant l'impression qu'il s'agissait d'une conversation anodine.

— Tu as une haute opinion de toi-même, rétorquai-je, pas méchamment, plus pour le taquiner.

Un voile de tristesse parcourut son visage.

— Quelqu'un doit le faire, ajouta-t-il.

Nous nous trouvions dans une impasse. Je ne savais pas quoi ajouter d'autre, et il avait l'air d'être à des milliers de kilomètres de là, perdu dans ses pensées auxquelles je n'avais pas accès.

C'est pourquoi, quand il tendit la main et glissa ses doigts dans mes cheveux, avant de se dresser sur la pointe des pieds pour m'embrasser doucement sur les lèvres, je reçus un choc étrange. Je ne reculai pas avec horreur, ni n'approfondis le baiser et nous nous séparâmes alors que Trent m'observait pensivement.

— Alors, nous l'avons fait quand même, murmura-t-il.

— Exact, fut tout ce que je trouvai à dire.

— C'est passé. C'était pas mal. Rien avec des étincelles ni quoi que ce soit.

On aurait dit qu'il notait le baiser sur dix, ou six, peu importe l'échelle des notations en patinage artistique. Un maximum de points pour la confiance, seulement la moitié pour le baiser.

Dans un mouvement fort et déterminé, je l'attirai à moi et l'embrassai pour de vrai. Tout en lèvres, langues et incapacité à respirer. Quand nous nous décollâmes l'un de l'autre, il avait les yeux écarquillés, son brillant à lèvres maculait sa bouche et ses mains retombèrent sur le côté.

— Ce... commença-t-il, avant de s'arrêter.

J'essuyai les traces du brillant de mes lèvres et reculai. Puis ma propre assurance en moi prit le dessus.

— Ouais, indiquai-je. C'était bien.

Ensuite, je pivotai et partis avant que quelqu'un nous interrompe et me voit baiser Trent sur le bureau.

Parce que… merde ! Ce baiser avait été foutrement explosif !

CINQ

Trent

Quatre jours plus tard, ce baiser me hantait toujours. Cela avait été un geste totalement idiot. Je l'avais senti, quand j'avais tendu la main à Dieter en prenant les devants, même si cela avait été bon. Bon, mais stupide. Cela pourrait être le titre de mon autobiographie. *Bon, mais stupide : l'Histoire de Trent Hanson* – disponible là où les livres sur les crétins égarés se vendent.

Le soupir qui m'échappa fut de la classe légendaire. Je finis de regarder la vidéo sur les talents de patineur de Tennant Rowe. Cela faisait plus d'une heure que je me trouvais là, dans mon bureau de directeur, afin d'essayer de me concentrer et de déterminer les points faibles que, selon moi, les Railers avaient besoin de travailler. Je devrais plutôt dire : ce que je pouvais ajouter à leurs compétences en matière de patinage. Je m'étais caché dans cette petite pièce encombrée, pour passer un peu de temps à l'écart des caméras. Bon sang ! J'étais déjà fatigué de ce cirque. J'avais le sentiment de ne pas pouvoir aller pisser sans que quelqu'un avec une caméra ou un sac de maquillage apparaisse à mes côtés.

Ce matin avait été particulièrement mauvais. Je m'étais réveillé aussi dur que du roc et m'étais complètement perdu dans un fantasme sensuel impliquant ma queue dans le cul de Dieter Lehmann. Savoir que cet individu s'était si profondément immiscé sous ma peau m'irritait et me titillait en même temps. Ma colère était peut-être davantage axée sur moi-même, pour avoir laissé un tel singe se glisser dans mes élucubrations, ce qui avait rendu mon orgasme d'autant plus intense. Oui. C'était tout ce que nous en dirions.

Puis l'appel de ma mère à l'heure de « vraiment, maman ? » m'informant que mon beau-père, alias Voldemort, l'avait appelée et suppliée de lui rendre visite pour lui parler. Le fait qu'elle ait dû me téléphoner pour savoir ce que j'en pensais m'avait illuminé comme un pétard du 4 Juillet. Je ne lui avais pas crié dessus, bien entendu, j'avais simplement fait de mon mieux pour la dissuader d'y aller. Lorsque la conversation téléphonique avait pris fin, elle hésitait toujours entre le « non » et le « oui », je m'étais mis à arpenter ma pauvre maison, tel un derviche tourneur. Au passage, je retournai totalement ma salle de couture afin d'évacuer ma colère. Maintenant, je devais rentrer à la maison avec une stupide caméra collée au cul et ranger le coin dans lequel je créais mes costumes.

— Pourquoi les gens sont-ils aussi cons ? lançai-je dans le bureau.

L'air conditionné fredonna en guise de réponse.

Je passai à la vidéo suivante et gémis. Dieter se retrouvait à présent sur mon écran. Sa puissance sur ces patins était indéniable, il aurait bien besoin d'un peu de raffinement. Et de mes mains sur ses cuisses… les séparant pour que je puisse me faufiler entre elles et prendre ce que j'étais sûr d'être une grosse queue longue dans ma bouche pour le sucer si fort et si bien qu'il s'évanouirait de plaisir.

Des voix s'immiscèrent dans le film porno qui tournait dans mon esprit. Je retirai ma main de mon entrejambe, horrifié de faire preuve d'une volonté aussi faible et inclinai légèrement la tête. Une personne chantait-elle « *Fox on the Run* » pendant que quelqu'un d'autre lui sifflait d'arrêter ? Personne n'était supposé être là avant trente minutes minimum.

Je m'écartai de la chaise où je me morfondais et rêvais avant de jeter un coup d'œil furtif à la porte de mon bureau. Là, dans le couloir, se trouvaient Layton Foxx et Adler Lockhart.

Adler était le chanteur, si vous pouviez définir ainsi ses piètres miaulements. Layton agitait une main en direction du joueur de hockey, essayant de le faire taire. Puis, Lockhart s'appuya contre Foxx, le plaquant doucement contre le mur et l'embrassant comme s'il était affamé depuis des jours.

Eh bien... Il semblerait que Tennant, Jared et Dieter ne soient pas les *seuls* de l'équipe à marcher sous le drapeau arc-en-ciel.

Je me penchai contre le cadre de la porte et observai le moment passionné. Quand ils se séparèrent, Foxx caressa le visage de Lockhart avec tant d'amour que cela me fit mal. En tant que bonne petite queen acide, je me raclai la gorge. Adler fit un bond en arrière, à croire qu'il venait juste de découvrir un frelon dans sa tasse. Foxx se retourna pour me regarder. Je remuai quelques doigts en direction des amants.

— Vous devriez peut-être organiser vos rendez-vous secrets dans un lieu plus privé. Puis-je suggérer ce bureau ?

J'agitai une main gantée vers la pièce située derrière moi.

— Attendez, ce n'est pas ce que vous supposez, balbutia Adler.

Je haussai un sourcil mince.

— D'accord, c'était ce que vous pensiez. S'il vous plaît, ne dites rien à personne.

— Oh, mon Dieu ! Ai-je l'air du genre de gars qui révèlerait l'homosexualité de quelqu'un d'autre ? S'il vous plaît...

Je me dirigeai vers l'endroit où ils se tenaient, tels deux arbres pétrifiés.

— Faites juste attention si vous avez l'intention de cacher cette relation. Je parle des caméras. Elles m'ont suivi à la maison et m'ont filmé assis sur le canapé, regardant la télévision. Ils ont même demandé s'ils pouvaient m'enregistrer alors que je discutais du scandale avec ma mère. Elle est très intelligente d'avoir gardé ses distances avec tout ce fiasco.

— Seigneur ! murmura Foxx.

Je hochai la tête.

— Merci de vous montrer si...

— Gay et compréhensif ? De rien. Maintenant, partez et soyez des amoureux transis ailleurs. Les enfants vont arriver dans peu de temps, ainsi que ces foutues caméras.

Adler gifla mon épaule si fort que je grimaçai.

— Tu es un bon gars, même si tu portes un rouge à lèvres de la même couleur que celui de ma mère.

Layton gémit et prit son compagnon affable par la main, se mettant aussitôt à marmonner des paroles, si vite, qu'il devait sortir un mot par milliseconde.

Comme il serait merveilleux d'avoir quelqu'un à qui reprocher ses petites gaffes idiotes. Je revins dans mon petit bureau, fermai la porte et passai quarante minutes à regarder Dieter sur la glace. Au moment où les enfants furent prêts pour moi, je me sentais totalement paumé, cependant, je me remaquillai et plaquai un sourire sur mes lèvres avant de balancer des hanches, en me dirigeant vers la glace, comme la putain d'étoile que j'étais. Mes patineurs – des enfants âgés de six à seize ans – applaudirent et se rassemblèrent autour de moi.

— Regardez-vous, vous tous ! lançai-je, embrassant autant de joues que je le pouvais.

Certains, comme Scotty, la fille transgenre âgée de dix ans, étaient très spéciaux pour moi, bien que je les adorais tous.

— Allez-vous faire de votre mieux face aux caméras aujourd'hui ? demandai-je, passant devant les fans en adoration, dans l'attente d'obtenir une vérification de dernière minute de leur costume et maquillage.

Ils répondirent tous par l'affirmative en criant, me rendant si fier.

Il avait été décidé que je ferais l'un de mes programmes courts de Sochi, puis que je travaillerais avec les enfants avant de faire intervenir les Railers, pour montrer à quel point nous patinions tous en harmonie, et que les sports sur glace étaient désormais inclusifs. Ce qui n'était qu'une énorme fumisterie. Je me souvenais trop bien des propos cinglants prononcés à mon propos par des journalistes de télévision – d'anciens patineurs artistiques à la retraite – lors de ma performance qui m'avait valu une médaille d'argent. J'avais été traité de beaucoup de noms terribles depuis que j'avais commencé à aimer les garçons dès l'âge tendre, pourtant, ce que ces journaleux avaient dit sur moi, étant trop féminin et trop étrange pour être associé avec de jeunes garçons, me retournait toujours les entrailles. Cela m'avait fait pleurer sur le moment, et aujourd'hui, je leur dirais le fond de ma pensée, si on me laissait faire. J'avais toujours refusé d'accorder à des gens aussi merdiques le plaisir de voir mes larmes. De plus, mes patineurs avaient besoin que Trent soit Trent. Et donc, pour eux, je me montrais toujours courageux en public et versais mes larmes en privé.

— Nous devrions raccourcir un peu plus cette veste, déclarai-je à Gayle.

Elle sortit une boîte d'épingles de son sac à main – elle apprenait vite comment gérer un patineur artistique – et entreprit de reprendre l'ourlet de ma courte veste blanche.

— Si elle est trop basse, elle cache la courbure de mon cul.

— Tenez-vous tranquille, sinon je vais vous piquer.

Elle travailla rapidement.

Je souris aux enfants, puis trouvai les joueurs de hockey alignés de l'autre côté des rambardes. Je pus sentir le regard de Dieter avant même de pouvoir le voir. Je savais que ses yeux étaient rivés sur mes fesses, raison pour laquelle je devais m'assurer qu'elles étaient visibles.

— Vous sentez-vous mieux ? demanda Gayle.

— Oui, mentis-je. Merci d'être venue et de m'avoir parlé ce matin. Vous êtes un agent divin, murmurai-je, alors qu'un homme grand, portant un chignon, et avec une haleine qui puait l'ail, renforçait mon eye-liner et mon gloss.

Comme s'ils avaient besoin d'être retouchés ! Je savais comment me maquiller, merci.

— Il faudra vous en souvenir lorsque les producteurs de l'émission vous demanderont de sortir avec eux.

Elle me sourit, puis tira fermement sur la veste blanche étincelante.

— Voilà. Parfaitement épinglée et assez haute pour dévoiler ce joli petit cul rond. Maintenant, prouvez aux gens, assis chez eux, pourquoi vous avez gagné cette médaille d'argent.

Nous nous effleurâmes les joues, puis je patinai jusqu'au centre de la glace, inhalai profondément avant de lever délicatement les bras au-dessus de ma tête, pointant mon pied dans la glace et attendis la musique. C'était l'un de mes passages préférés, tiré de « *Carmen* » mettant en valeur mon talent et mes forces. Dès que la musique commença, mon esprit se concentra sur les mouvements – les sauts, le balancement qui signalait que Trent Hanson exécutait son show. À travers les salchows et les lutz, les flips et les axels, je sentis des yeux chauds rivés sur moi. Savoir que Dieter était là, absorbé par mes capacités et mon corps, ses yeux affamés collés à moi alors que j'opérais ma magie, j'eus l'impression d'être pris de vertiges et étourdi. Cela, combiné à la pure joie de la glace et de la musique, lorsque je finis par une glissade impromptue à la Johnny Weir, les ténèbres du matin s'étaient levées.

Les enfants se déversèrent sur la glace, telles des fourmis dévalant une colline. Ils furent bientôt suivis par les Railers. Les yeux fixés sur ceux de Dieter, le reste du brouhaha fondit, semblable à une neige de printemps. Il me voulait. Maintenant. Je pouvais le voir dans ses prunelles. Je le désirais tout autant. Ce baiser et toute la promesse sexuelle qu'il avait contenue, mélangés aux émotions tourbillonnantes en moi, me laissèrent dans un état de pétillement intense.

L'heure suivante fut remarquable et en même temps, une véritable torture. J'aimais mes enfants et ma patinoire et commençais aussi à apprécier les singes sur patins. Les Railers furent merveilleux avec les enfants, riant et leur montrant qu'ils possédaient aussi quelques prouesses en matière de patinage. Adler et quelques autres prirent les plus petits dans leurs bras, et coururent sur la glace avec eux. Il y avait tellement de rires et de bonheur que je savais que je serais aussi excité qu'une bouteille de champagne fraîchement secouée, lorsque nous quitterions cet endroit.

Et je l'étais. Vous voyez comme je me connais bien ?

— Allons tous ensemble manger quelque part. Le studio paiera pour ça ! annonçai-je de ma voix la plus fougueuse.

Les producteurs se mirent à rechigner, cependant, pour une fois que nous sortions tous au même moment, et que nous risquions d'attirer l'attention du public, l'aubaine était tout simplement trop belle pour qu'ils passent à côté d'une telle occasion.

— Je vais juste aller me changer. Quelqu'un peut-il se rendre au bureau de Dan – c'est le responsable de la patinoire – et récupérer mes vêtements de ville sur la chaise posée dans le coin ?

Et juste comme ça, je me retrouvai à attendre dans le

vestiaire des hommes que Dieter Lehmann revienne avec ma tenue. J'enlevai les patins blancs et les disposai soigneusement près de mes pieds, pliai les mains sur mes genoux et attendis. Il apparut moins de deux minutes plus tard, remplissant la porte, puis tout le foutu espace avec ses larges épaules et son comportement boudeur attirant.

— Amène-les-moi, ordonnai-je platement, les mains toujours posées sur mes genoux.

Il semblait être enfermé dans une sorte de bataille interne. Il n'était sans doute pas habitué à ce qu'un homme tellement plus petit que lui se révèle être aussi arrogant et dominateur. S'il me connaissait mieux, il saurait que je le suis *toujours*. Ainsi que quelques autres termes, beaucoup moins flatteurs.

Finalement, ses grands pieds avancèrent et il s'approcha avec mes vêtements. Je restai assis, tandis que mes yeux parcouraient son corps. Il avait l'air à croquer dans ce maillot bleu et ce jean. Ses yeux étaient des braises vertes et dorées qui ne s'écartèrent jamais de mon visage.

Le plus drôle fut de constater que, lorsque je tendis la main, ce ne fut pas pour attraper mon pantalon, ma chemise et mon gilet bleu élégant. Peut-être qu'empoigner sa ceinture et l'attirer vers moi n'était pas cocasse du tout. Sans doute s'agissait-il du chapitre deux de mon stupide livre. Probablement. Mais… oh, comme mon corps frissonnait de désir, à mesure qu'il s'approchait. Je me frottai le nez contre son maillot et inhalai profondément. Il sentait le bois de santal et le mystère avec une pointe de sexe. Juste mon type. Ajoutez-y une pincée de cœur brisé et vous aviez tous mes amants passés. Qui s'en souciait ? Une rapide fellation dans les vestiaires ne ferait de mal à personne. Je glissai donc du banc, tellement impatient de le faire jouir dans ma gorge, que savoir que j'étais en train de ruiner les genoux de mon pantalon blanc n'avait aucune importance. C'est dire à quel point j'en avais envie.

— Que fais-tu ? demanda-t-il, d'une voix épaisse et rauque.

J'abaissai sa braguette et glissai une main dans son caleçon. Le dos de mes doigts effleura une tache humide sur le coton froid de son sous-vêtement. Quelqu'un était excité depuis un bon moment. Cette prise de conscience fit palpiter ma propre érection, au même rythme que mon pouls. Son sexe surgit. J'avais raison. Il était gros et long. Dur, aussi, et humide de liquide pré-séminal.

— Tu n'en as vraiment aucune idée ? demandai-je avant de lécher le gland rond pour le nettoyer.

Il inspira brusquement, mes vêtements toujours dans ses mains.

Il gémit.

— Dépêche-toi. Je suis dur depuis des putains d'heures, à cause de toi.

— Seulement des heures ?

Je fis rouler ma langue, appuyant sur le nœud de nerfs situé sous le bout de son sexe. Mes doigts tenaient fermement la base de son érection. Je sentis le frisson qui parcourait tous ces muscles puissants.

— Des jours... Depuis ce baiser. Merde ! Trent, arrête de m'allumer et suce-moi avant que quelqu'un vienne.

Il recula ses hanches, sa queue glissant de mes lèvres pour barbouiller ma joue.

— Je rêvais de voir ton gloss étalé sur ma bite.

Je tournai la tête pour l'avaler, avide et affamé, et le repris aussi profondément que possible.

— Meeeeeerde !

Il n'y avait pas de temps pour la finesse. Nous le savions tous les deux. Il jeta mes vêtements de côté et glissa ses mains dans mes cheveux.

— Plein de gel, là aussi. Tu es très attentif à ton apparence, n'est-ce pas ? Je suis prêt à le parier. Je pense que je pourrais m'y faire.

J'avais trop de sexe dans la bouche pour répondre. Il ne semblait pas vraiment désirer une réponse, de toute façon. Il venait juste de commencer à pomper, et je me mis à le sucer aussi fort que je le pouvais, mes mains posées sur ses hanches, l'invitant à me baiser la bouche.

Sa dernière poussée me fit monter les larmes aux yeux. Je déglutis goulûment, faisant de mon mieux pour que tout ce sperme ne tombe pas directement dans ma gorge. J'en voulais sur ma langue. J'avais besoin de savourer son goût. Il relâcha sa poigne sur ma tête et regarda alors que je retirais sa queue puis la léchais, mes doigts toujours enroulés autour de lui.

Je le nettoyai aussi bien que je le pus, puis je m'accroupis, relevai les yeux, et utilisai le bout de mon index pour tamponner ostensiblement les coins de ma bouche.

Dieter se contenta de me dévisager, sa poitrine se soulevant toujours rapidement, les yeux vitreux de désir. Je voulais encore cet homme. La pipe que je venais de lui faire n'était qu'un apéritif.

— Es-tu choqué ? demandai-je, avant de ranger son membre encore humide dans son jean et de remonter soigneusement sa fermeture éclair.

— Je n'ai jamais été avec un homme tel que toi.

Il me tendit la main.

Je la pris et il tira, me relevant rapidement.

— Il n'y a *pas* d'autres hommes comme moi.

Il sourit. On aurait dit que quelqu'un venait d'ouvrir les rideaux d'une pièce remplie de personnes en deuil afin de permettre à la vie de rentrer. La vue me secoua jusqu'au fond de mon être et déclencha environ quatre cents alarmes d'avertissement. Un homme aussi étonnant avec tant de recoins sombres ne pouvait être qu'une mauvaise nouvelle. Mauvaise, mauvaise, mauvaise nouvelle.

— Ouais, je veux bien le croire, répondit-il, avant de voler un baiser qui se termina avec moi plaqué contre le mur et ses mains devant mon pantalon en spandex blanc. Je veux te rendre la pareille. Tu es d'accord avec ça ?

— Mon Dieu, oui ! haletai-je, puis mordillai sa lèvre inférieure.

Nous aurions été occupés à nous frotter, ressemblant à des bêtes en rut si son portable n'avait pas sonné à ce moment-là.

— Ignore-le. J'ai besoin de ta bouche sur moi.

J'attrapai une poignée de ses cheveux et attirai sa bouche vers la mienne. Ce foutu téléphone continua de sonner. Il se pencha vers moi, appuyant tout son corps ferme de joueur de hockey contre ma poitrine. Cela devenait difficile de respirer. J'adorais cette foutue sensation.

— Yo, Deet, mec, tu viens ou quoi ?

Le son de son nom lancé par l'un de ses coéquipiers se chargea d'éteindre l'incendie. Dieter bondit loin de moi, son visage rougi et ses pupilles si dilatées qu'il était difficile d'y voir la moindre couleur. Je me retournai pour essayer de me débrouiller avec mon sexe qui formait une tente dans mon pantalon, toutefois, je ne parvenais à rien de ce côté-là. La ceinture de danse que je portais sous mon pantalon de patinage n'était vraiment pas faite pour cacher les érections. J'en avais sans doute besoin d'une nouvelle, avec un rembourrage supplémentaire…

— Ouais, j'attends juste Trent, cria-t-il, puis il trotta vers la porte pour bloquer une éventuelle personne qui viendrait le chercher. Il prend une douche.

— Oh, d'accord !

Je courus en direction des douches et me dissimulai derrière un mur carrelé et frais.

— Nous vous retrouverons au restaurant. L'agent de Trent a déclaré que c'était un steak house brésilien situé sur Chestnut Street. Il s'agit en fait d'un lieu de rendez-vous incontournable. L'équipe est derrière nous à présent, et nous y allons directement.

— D'accord, d'accord. Nous le trouverons sur Google Maps. À plus tard, Arvy.

— Ça va ? Tu sembles bizarre.

— Je vais bien.

La conversation s'estompa. Je laissai mes yeux se fermer et posai mon front sur les carreaux. Puis, je l'entendis revenir. Je levai la tête et ouvris les yeux. Il poussa mes vêtements vers moi.

— Je veux toujours m'occuper de toi, m'informa-t-il.

Je pris les habits de ses mains, et humidifiai mes lèvres. Son regard se posa sur ma bouche.

— J'ai aussi envie que tu le fasses.

Sur ce, je glissai autour de lui, ma tenue froissée à la main, et le laissai regarder fixement mes fesses. La balle – ou plutôt, je suppose qu'il s'agirait d'une rondelle en l'occurrence – était dans son camp. Dans sa zone de glace. Peu importe. J'étais nul pour raconter des plaisanteries sportives, néanmoins, j'excellais à faire en sorte que les

hommes en redemandent. Je lançai un coup d'œil par-
dessus mon épaule, juste pour être sûr, et remarquai que
ses yeux étaient rivés sur mon cul. Hmm… hmm...
Comme je le pensais. Son regard se leva pour piéger le
mien. Cela allait se transformer en *beaucoup* plus qu'une
simple pipe dans les vestiaires. Je pouvais le sentir dans les
courants d'air qui déferlaient dans la pièce, telle une
succession d'orages d'été.

SIX

Dieter

Ce que je voulais vraiment, là, maintenant, c'était suivre Trent sous la douche, cependant, cela aurait représenté une trop grande prise de risques. Et si un de mes coéquipiers nous cherchait ?

Ce n'était pas que je me souciais de ce que les gens pensaient de la personne avec laquelle je choisissais d'avoir des relations sexuelles, mais plutôt de ce qui se passait entre nous ; et franchement, avoir des rapports sexuels dans les douches de l'équipe ne me semblait pas tout à fait approprié.

Alors, je m'assis et attendis, et vingt minutes après son entrée, Trent réapparut à la porte, tout habillé – à ma plus grande déception – écartant ses cheveux humides de son visage. Il avait encore serti ses yeux de ce noir, toutefois, il n'y avait pas de trace de gloss sur ses lèvres. Cela me déçut à un niveau viscéral. Son gloss au goût de fraise avait marqué notre baiser, le fait qu'il en ait maculé mon sexe représentait une image et une sensation que j'emporterais jusque dans ma tombe en tant que moment fort.

Bon sang, il était la tentation incarnée dans ce pantalon moulant.

— Viens ici, dit-il avant de se diriger vers les miroirs.

Tel un chiot, j'obéis et fis ce qu'il me demandait — n'importe quoi pour m'approcher et entrer dans son espace personnel. Il alluma le sèche-cheveux le plus proche, le pointant sur sa crinière, ses mains bougeant, suivant une sorte de rythme tandis qu'il les coiffait en même temps qu'il les épongeait.

— Embrasse-moi, forma-t-il avec ses lèvres, par-dessus le bruit de l'appareil.

Je ne refusai pas. Prenant son visage en coupe, je l'embrassai, et peu importe ce qu'il faisait, il pouvait clairement effectuer plusieurs tâches en même temps, car nos baisers étaient brûlants.

Puis nous nous séparâmes, et il se tourna vers le miroir. Quelques coups de doigts supplémentaires et ses cheveux étaient parfaits. Il fit la moue à son reflet, mit du gloss sur ses lèvres, passa le bout de son index sous le trait de crayon noir qui contournait ses yeux, et se tourna vers moi.

— Penses-tu que je suis prêt pour mon gros plan ?

J'étais incapable de trouver mes mots. Comment avais-je pu vivre vingt-cinq ans sans connaître quelqu'un d'aussi parfait que Trent ? Et pourquoi, depuis dix bonnes années que je m'intéressais aux hommes, je n'avais jamais voulu en embrasser un tel que lui, avec sa flamboyance colorée et son caractère, cherchant à prendre le contrôle ? J'étais dur, si foutrement rigide que je palpai mon sexe dans un mouvement très délibéré. Tout ce que Trent fit en retour fut d'afficher un sourire narquois, le sale con.

Je le suivis hors des vestiaires. Un rapide coup d'œil à Trent en jean moulant me fit tendre la main vers lui sans réfléchir. Je m'interrompis brusquement. Il y avait des caméras ici et nous devions faire ce truc de promotion.

Nous trouvâmes le restaurant, situé à peine à dix minutes de marche de la patinoire, et tout au long du chemin, j'avançai sur sa droite, à quelques centimètres derrière lui. J'étais son garde du corps et remarquai les coups d'œil qu'il recevait. Peut-être était-ce dû au fait qu'il était célèbre ou parce qu'il portait une chemise écarlate à travers laquelle on pouvait voir son tee-shirt très près du corps. Qui savait ? Il ne sembla remarquer aucun d'entre eux, mais je peux vous garantir qu'ils m'ont tous vu bien distinctement derrière lui, leur lançant à tous des œillades meurtrières.

Il m'ouvrit la porte, geste qui m'était parfaitement étranger, cependant, je ne discutai pas, me contentant d'entrer et me dirigeai directement vers la table où étaient assis les autres Railers. Il y avait un espace libre à côté d'Arvy et m'y glissai, sachant que le seul autre siège disponible était situé près de Stan. Cela mettait toute une table entre nous, ce qui était probablement plus sûr. Les caméras se déplaçaient autour du groupe et j'eus une petite idée de ce qu'elles cherchaient. Trent également, qui éclata de rire en voyant l'énorme corps musclé de Stan occuper presque deux chaises. Il était minuscule à côté de lui et je pouvais affirmer vu les angles que les caméras utilisaient, qu'ils se concentraient sur cette différence.

— J'espère que Stan ne tombera pas de sa chaise et n'écrasera pas le gamin, déclara Arvy à côté de moi, se penchant en arrière et tapotant son ventre.

Il avait réussi à avaler le plus gros steak servi dans ce restaurant, alors que je n'étais qu'à mi-chemin de mon dîner.

Je savais pourquoi. J'étais agacé, époustouflé, excité ce qui provoquait clairement des ravages sur l'appétit d'un homme.

— Ce n'est pas un gamin, rétorquai-je, avant de fourrer un autre morceau de steak dans ma bouche.

Il fondit sur ma langue, ne donnant pas l'impression d'avoir besoin de mâcher, même si je le faisais quand même, afin d'avoir l'air normal.

Arvy se pencha vers moi.

— On dirait un enfant à la table des adultes, ajouta-t-il dans un souffle.

Je lui lançai un regard de côté, espérant que les caméras n'avaient pas capté ce commentaire ni ma réaction.

— Il est assis à une table de géants, le contrai-je.

Arvy grimaça et se frotta à nouveau le ventre.

— Je vais devoir me rendre au gymnase tôt demain matin… tu viens avec moi ?

Je désirais beaucoup de choses en ce moment, mais me démener dans une salle de sport à une heure impie ne figurait pas sur la liste.

— La Terre appelle Deets, réponds, Deets.

— Quoi ? demandai-je, me concentrant sur Arvy, me détournant de Trent qui faisait un geste incroyablement mignon et sexy avec son couteau.

— J'ai dit gym, six heures, je cogne à ta porte ?

Nous logions tous au Philadelphia Hotel Club sur Chestnut Street, comportant une configuration de chambre assez standard, néanmoins, cet hôtel possédait une vaste salle de sport et une piscine.

— Ouais, répondis-je finalement, me concentrant sur ma viande.

J'espérais à moitié que Trent m'adresserait une sorte de signe subtil qui suggérerait que nous retournerions chez lui, où que ce soit, pour baiser comme des lapins, et s'il l'avait fait, alors, je l'avais manqué. Quand il partit, à vingt-deux heures à peine, après avoir volé une bouchée du dessert de Stan et fait rire tout le monde quand le Russe devint tout grincheux et que Trent se moqua de lui, je me sentis démuni.

Non, pas perdu – déçu, peut-être. Tout ce que j'avais à faire était de rappeler de la bouche de Trent sur moi et j'étais fichu. J'en voulais vraiment plus.

Le lendemain, ce ne fut pas mieux. La séance de sport fut brutale, car il semblerait que chaque partie de mon corps soit douloureuse. Je pris deux comprimés pour le mal de genou, et décidai de m'en tenir là. Je voulais être en bonne forme pour Trent, l'attirer dans un endroit calme et écouter sa voix alors qu'il m'énumérerait ce qu'il voulait. Malheureusement, je ne parvins pas à lui parler en privé.

La séance du matin à la patinoire portait uniquement sur les angles et l'équilibre, et Trent, en bleu saphir de la tête aux pieds, choisit Stan pour servir d'exemple.

Il s'adressait aux caméras, tandis qu'il asticotait le grand Russe.

— Stan est le gardien de but et détient, de ce fait, une longueur et une portée impressionnantes, il peut se déplacer rapidement, mais son patinage est entravé par son équipement.

— Dans ce cas, que pouvez-vous faire pour lui ?

demanda l'intervieweur, son regard passant de Stan pour revenir sur Trent alors qu'il parlait.

— Il a mentionné qu'il voulait plus de puissance explosive dans les jambes, ce que nous avons en tant que patineurs artistiques quand nous nous élançons le plus haut possible afin d'effectuer des spirales, et ce matin, je veux travailler ce point-là.

Il nous faisait tous littéralement sauter, telles des ballerines, ce que certains des gars, y compris moi, trouvaient hilarant. Plusieurs joueurs étaient trop gênés pour essayer, ce que le journaliste adora. Certains demandèrent pourquoi ils étaient embarrassés – je pense qu'ils espéraient que l'un des gars affirme qu'ils ne ressemblaient pas à des filles. Arvy venait d'expliquer qu'il avait peur de tomber sur le cul devant la caméra. Stan jeta un coup d'œil acéré à son équipement et haussa un sourcil pour expliquer pourquoi il ne pouvait pas bondir aussi haut que Trent le souhaitait.

Bien sûr, à la fin de la session, les deux hommes auraient pu rivaliser avec Baryschnikov et sautaient à l'instar des pros. Chacun de mes muscles me faisait mal et je dus partir à la recherche d'analgésiques parce que je souffrais encore de mon genou. Il serait judicieux que je programme quelques séances de massage, et que je demande à l'équipe s'ils connaissaient un kiné ici. Je pris une double dose, car deux comprimés ne me suffisaient plus et j'essayai de ne pas penser au fait que je me mentais à moi-même. Soyons honnêtes, mon cerveau très intelligent et rusé avait décidé que j'avais besoin d'avaler tout ce que je pouvais supporter et que je devais continuer à en prendre.

La sensation de bien-être fut agréable et rapide et les muscles de mes genoux se détendirent. Lors de la prochaine session, je prendrai soin de l'envelopper. Si je l'avais fait aujourd'hui, je n'en baverais pas autant maintenant.

— C'est à ton tour pour l'entretien individuel, déclara Adler, regardant son bloc-notes.

Il faisait souvent cela – noter et cocher des cases, prenant ainsi le contrôle de ses patineurs, comme il aimait à nous appeler.

— Moi ? Vraiment ? N'est-ce pas à Arvy ?

Je n'étais pas d'humeur d'autant que Trent avait attiré mon attention plus tôt en clignant de l'œil. Je voulais vraiment goûter à un morceau de ce avec quoi il me taquinait depuis un moment.

Je dus avoir l'air de savoir de quoi je parlais, car Adler étudia sa liste avec un froncement de sourcils. Je ressentis de l'anticipation à l'idée de partir tôt et de chercher Trent. Puis Adler me fixa, par-dessus son bloc-notes.

— Nan. Tu es partant. Arvy, c'est demain, et non, je ne vous échangerai pas. Va et montre-toi gentil.

Je jurai dans ma barbe et vis les lèvres de Trent se contracter. Connard.

L'entretien était vraiment standard. Qu'est-ce que j'espérais de cette formation, qu'avais-je déjà appris et quel effet l'entraînement avait-il eu sur moi, en tant que joueur de hockey ? Je répondis aussi clairement que possible, lorsque soudain, ma tête me donna l'impression d'être bourrée de coton. Je dus réussir à répondre correctement, car ils emballèrent rapidement leur matériel à la fin de l'entretien, et quand je retournai dans les vestiaires pour récupérer mon sac, la plupart des gens étaient partis.

— De la bière à l'hôtel, annonça Arvy en partant.

Je hochai la tête, le coton se transformant en autre chose – une vague de nausées qui m'obligea à m'asseoir à l'endroit qui m'avait été assigné. Je m'appuyai contre le mur, levant les yeux au plafond et désirant que la pièce cesse de tourner. Ma tête était trop grosse pour mon corps et j'avais la sensation que des fourmis de feu rampaient sous ma peau. Je grattai chaque démangeaison, mes mains glissant sur quelque chose d'humide. Je baissai les yeux sur les endroits où j'avais chassé les fourmis que je ne pouvais pas voir et je remarquai des traces écarlates. Du sang sur ma peau. D'où venait-il ?

Je fermai les yeux, mes doigts appuyant sur chaque picotement.

— Que diable se passe-t-il ?

J'essayai d'ouvrir les yeux, mais mon cerveau me disait de ne pas regarder Trent, qui se tenait probablement là, me dévisageant comme si j'étais un crétin. Qui se gratterait jusqu'au sang ? Qui resterait là avec des fourmis sous la peau et la tête tournant, telle une roue Catherine ? (*NDT : Route Catherine ou roue d'exécution, était une méthode de torture utilisée pour les exécutions publiques, entre l'antiquité et le Moyen-âge, afin de briser les os des condamnés, jusqu'à leur mort*) ?

— Dieter ? appela Trent.

Il avait changé de place et se trouvait, à présent, accroupi entre mes jambes.

— Qu'as-tu pris ? Parle-moi, Dieter. Dois-je appeler le 911 ?

Cela m'obligea à ouvrir les yeux et, après quelques secondes, je pus me concentrer sur le visage de Trent. Ses cheveux étaient mouillés, il n'était pas maquillé et avait l'air si jeune. Je voulais le toucher, cependant mes mains refusèrent de bouger.

— Non, pas le 911, ça va, énonçai-je avec précaution.

Parler normalement, alors que je me trouvais sous influence faisait partie de mes compétences particulières, du moins le pensais-je.

— Dieter, qu'est-ce que c'est ? Qu'as-tu pris ?

Je secouai la tête ou ma tête me secoua ou... je ne savais pas du tout ce qui se passait. Ce n'était pas normal. Les médicaments me rendaient heureux, détendaient mes muscles endoloris – ils ne me donnaient pas le sentiment d'être retourné de l'intérieur.

— Est-ce que c'est ça ? insista Trent, agitant quelque chose devant mon visage. Combien ? Deux ? Quatre ? Plus ?

— Six, réussis-je à lâcher.

C'était exact : deux avant, puis deux autres, et deux de plus... ou était-ce davantage ? Non, c'était six, alors pourquoi me retrouvais-je dans cet état ?

— D'accord, entendis-je Trent dire à haute voix avant de soupirer bruyamment. Disons que c'est le bon compte.

Il s'assit à côté de moi. Je savais qu'il était là, je sentais sa main sur ma jambe et je voulais la tenir, tandis que mon instinct m'indiquait de ne pas le faire.

Je ne sais pas combien de temps nous restâmes assis ici. J'entendis des voix, Trent expliquant que j'étais malade et que nous attendions un taxi, une autre voix parlant de lumières. Je ne parvenais pas à tout suivre, et me concentrais uniquement sur Trent.

Enfin, les vertiges cessèrent, les démangeaisons ardentes s'estompèrent et je pus me focaliser sur la serviette froide qu'il avait visiblement placée sur les pires égratignures et sur le fait que j'étais assis à côté de lui. Il avait retiré sa main de ma jambe et vérifiait son téléphone.

Je distinguais ce qu'il examinait et cela me remplit d'effroi. De gros titres sur la dépendance, les analgésiques, le hockey. Je pouvais les voir alors qu'il parcourait les résultats de ses recherches sur Google.

— Hey, dis-je doucement, parce que je ne voulais pas vraiment qu'il me réponde.

Il me dévisagea, clairement surpris, ses yeux bruns écarquillés. De toute évidence, il ne m'avait pas quitté, ses cheveux jadis mouillés étaient secs et reposaient en mèches douces autour de son visage. Son expression, un étrange mélange d'inquiétude et d'énervement.

— Dis-moi que tu ne savais pas quelle dose tu prenais ? exigea-t-il, sans fournir d'explication.

Super, tu parles d'un sacré plongeon dans ma sale habitude !

— Ce sont des médicaments pour mon genou, expliquai-je.

— Ton genou ? répéta-t-il, comme s'il doutait de moi.

— Ouais.

— Donc, tu ne t'appelles pas Dieter, en fait, mais Alain Poulin.

Il secoua la bouteille devant moi.

— Parce que si tu t'appelles bien Dieter, alors ce ne sont pas tes pilules.

J'étais piégé. Comment allais-je expliquer cela ? Alain était un coéquipier de la LAH et le Percocet lui avait été prescrit suite à une opération d'une hernie discale. Je les avais payés, les médicaments postopératoires étaient faciles à trouver si vous aviez de l'argent ou des relations.

Je repris les comprimés à Trent, ce qui exigea deux

aller-retour, car ma coordination était toujours aussi merdique.

— C'est à moi, déclarai-je, avant de les jeter dans mon sac, le tissu humide glissant de mon bras et laissant apparaître les égratignures à vif.

— Comme les fourmis qui rampent sous ta peau, ajouta Trent. Je suis au courant parce que le fait de te bourrer de médicaments n'est pas réservé qu'aux joueurs de hockey, tu sais.

Un noyau d'espoir naquit dans ma poitrine. Était-il possible que je n'aie pas besoin de me défendre, que Trent ait peut-être déjà vécu ce que je traversais ? Il explosa littéralement cette idée lorsqu'il reprit la parole.

— J'ai eu un partenaire qui s'est cassé le genou en essayant de réaliser un triple. Il a finalement réussi à se débarrasser de sa dépendance.

Il me regarda d'un air accusateur, à croire que j'étais une personne de moindre importance qui ne comptait que sur ces putains de comprimés.

— Je ne suis pas accro, me défendis-je immédiatement. J'ai mal et j'ai dû trop en prendre.

— Huit. Tu m'as dit huit, et ce sont de fortes doses.

— Six, le corrigeai-je.

J'étais sûr de n'en avoir avalé que six.

Trent se leva et brossa son pantalon.

— D'accord, prends soin de toi, dit-il, d'une voix un peu éteinte.

— Quoi ?

Je me levai aussi, utilisant le mur pour me soutenir.

— Je te verrai demain, ajouta-t-il.

— Trent ! l'appelai-je, alors qu'il atteignait la porte.

— Quoi ? s'enquit-il, sans se retourner.

— Nous devons discuter.

Il pivota effectivement pour se retrouver face à moi, et son expression inquiète avait disparu, alors que le masque qu'il utilisait face à la presse était revenu. Il arborait ce petit sourire qui cachait tant de choses.

— Une autre fois, chéri, lança-t-il, puis il sortit.

— Alors, va te faire foutre ! criai-je avant de m'asseoir brusquement.

Bordel, pourquoi avais-je hurlé ainsi ?

Je sortis la bouteille en plastique contenant les pilules du sac et examinai l'étiquette pour la première fois. Je pensais qu'il s'agissait d'une merde standard, mais ceux-ci étaient surpuissants – pas étonnant que je me sente vraiment mal.

Enfin, j'avais l'impression de ressembler à une merde, *après* cette sensation incroyable de pouvoir venir à bout de n'importe quoi.

J'agrippai la bouteille et entrai dans la zone des douches et des lavabos. Pendant un très long moment, je la tins au-dessus du lavabo, imaginant les pilules disparaître au fond du drain. Puis je me souvins d'à quel point cela avait été agréable de les prendre, avant que l'expression pincée de Trent ne s'introduise de force dans mes pensées. Pourquoi son opinion m'importait-elle ? Je n'en avais aucune idée, pourtant, j'étais tout à fait certain d'une chose :

Je ne suis pas un toxicomane.

Putain, je suis dégueulasse !

J'ouvris le couvercle et versai chaque pilule dans le lavabo, les forçant à passer dans le trou d'évacuation, les écrasant au besoin avec la carte-clef de ma chambre, détruisant probablement ce foutu truc au passage.

De quel droit Trent m'avait-il regardé comme ça ?

Je ne suis pas un toxicomane.

Plus maintenant.

SEPT

Trent

Mon Dieu, j'avais l'impression de me retrouver avec Jonas, encore une fois.

Je courus en passant devant le caméraman qui se prélassait près des vestiaires. Je savais qu'il était censé me suivre cet après-midi. Je devais visiter mon spa préféré, ce que je ne pouvais vraiment pas me permettre. Cependant, nous étions dans le monde du spectacle… Je devais m'occuper de mes petites affaires habituelles situées sous la ceinture, me faire poser un masque facial et confier mes mains à une manucure. Hors de question que cela se reproduise. En aucun cas, je ne pourrais m'y présenter, et diffuser mes rayons de soleil, tant que j'étais dans cet état d'esprit. Je me sentais frénétique et maniaque, au bord d'une crise de nerfs de proportion biblique.

— Hey ! Attendez ! lança Chet.

Son nom était-il Chet ? Rhett ? Gomez ? Putain, qui s'en souciait ? Je commençais à mépriser les caméras et les personnes qui leur étaient associées.

— Je suis censé vous accompagner. Ginger m'a

indiqué que nous allions au spa et que vous deviez ensuite vous rendre à cette collecte de fonds au Rittenhouse Manor Hotel.

Je me retournai et levai un doigt. Juste un. Bon sang ! J'avais vraiment besoin d'une manucure.

— Ne me suivez pas. Je le pense *vraiment*, Gomez.

— Chet, marmonna l'homme corpulent portant une casquette des Flyers.

— Peu. Importe ! Ne me suivez pas. Je ne suis pas d'humeur.

— Mais l'émission...

— J'emmerde l'émission !

Sur ce, je pivotai et sortis de ma patinoire, l'écharpe bleue que j'avais nouée artistiquement autour de ma gorge flottant derrière moi. Ma sortie aurait rendu Cher si fière, surtout si ma putain d'écharpe n'était pas restée coincée dans la foutue porte. Je fus brusquement tiré en arrière, lorsque l'extrémité se prit dedans, manquant de peu de m'étouffer. Chet se tenait de l'autre côté des portes en verre, me regardant fixement, caméra à la main, portant sa casquette orange tandis que la porte et moi nous nous battions pour mon écharpe.

— Tu n'es qu'une misérable salope au visage de truie ! criai-je à la porte, alors que je tirais et tirais encore.

Chet essaya de tendre un bras afin de pousser le panneau. Je libérai mon écharpe d'un coup sec, tournai les talons, et décollai, des larmes se formant dans mes yeux, et ma vision devint floue gênant mon départ. Je pus à peine distinguer la forme de mon scooter Yamaha jaune à travers le brouillard de mes larmes non versées.

— Bordel de merde ! murmurai-je, puis je saisis mon casque et je me l'enfonçai sur la tête.

Je ne devrais probablement pas conduire dans cet état, cependant, je devais m'éloigner de Dieter, des pilules et de tout ce qui concernait la dépendance. Je ne pouvais tout simplement pas supporter d'avoir à tout recommencer. Essuyant mes larmes alors que je me faufilais dans la circulation, je masquai délibérément tous les souvenirs de Jonas, de ses combats avec les médicaments sur ordonnance et de l'agonie que j'avais éprouvée d'avoir dû faire partie de ce cycle.

— Je connais à peine cet homme, soufflai-je, me rendant à Liberty Nails & Manicures, la boutique où travaillait ma mère.

Lola et elle savaient tout de Jonas. Elles avaient surmonté le problème avec moi. Elles avaient vu l'agonie ressentie d'avoir à passer, passé plusieurs fois des coups de fil au 911. Elles avaient supporté les appels et les supplications, les combats, les pleurs, les promesses de tout arrêter et les vœux brisés qui avaient toujours suivi.

J'étais tellement désespéré à l'idée de la voir et de lui parler que je n'ôtais même pas mon casque jaune pour ébouriffer mes cheveux. Gina, la propriétaire, leva les yeux de la cliente qui faisait tremper ses doigts dans un petit bac lorsque je déboulai dans le salon bondé. Je lançai un rapide coup d'œil sur les lieux, et ne vis pas ma mère.

— Bonjour, Trent, lança-t-elle.

Toutes les femmes de la boutique me saluèrent.

— Si vous cherchez votre mère, elle n'est pas venue aujourd'hui.

Je me précipitai vers la petite blonde et m'accroupis. Sa cliente me sourit chaleureusement.

— Que voulez-vous dire par « elle n'est pas venue ? »

— Elle est allée à Mercer rendre visite à Clay.

Je restai simplement accroupi là, clignant des yeux, comme un idiot.

— Merci, Gina.

Je finis par me relever et quitter la boutique remplie de femmes curieuses. Ma tête était dans un état lamentable. Je m'assis sur mon scooter garé près du trottoir et observai la rue. Des vagues de chaleur chatoyantes s'élevaient déjà du revêtement noir. Elle était allée le voir. Elle avait pris un jour de congé pour se rendre au parloir de la prison et discuter avec l'homme qui nous avait baisés dans tous les sens du terme. Pourquoi ? Pourquoi ferait-elle cela ? Pourquoi aurait-elle raté une journée de travail pour rencontrer Clay – cette putain de merde – alors, qu'elle avait refusé de s'absenter ne serait-ce que quelques heures pour apparaitre dans mon émission ? Pourquoi ? Cela n'avait aucun sens. Nous détestions Clay. Mon beau-père était un connard qui nous avait ruinés. Pourquoi était-elle partie là-bas ?

Je démarrai mon scooter et rentrai chez moi. Enfin, pas à mon appartement. Chez *Lola*. Dès que ma grand-mère m'aperçut, les cheveux plats, l'eye-liner maculant mes joues et mon hoquet persistant, alors que j'essayais désespérément de ne pas pleurer, elle m'étreignit, m'offrant un énorme câlin. Et nous étions là, dans cette cuisine minuscule où planaient des odeurs de soja, d'ail et de curry. Je couinais tel un bébé et elle me chuchotait des mots en Pilipino.

— Viens t'asseoir, bébé, murmura *Lola*, me conduisant vers une chaise qui craqua quand je m'y laissai tomber.

Elle s'agita autour de moi, alors que je sanglotais dans mes mains.

— Là, là.... Arrête de pleurer. Pourquoi es-tu aussi bouleversé ?

Elle releva mon visage, puis pressa un torchon humide et froid sur ma joue.

— Tout. Juste… tout.

J'attrapai le tissu et plongeai mon visage dedans. La fraîcheur était agréable sur mes joues. Cela m'aida à me calmer un peu. Elle était assise en face de moi lorsque je ressortis la tête de la serviette. Devant moi se trouvait une énorme tasse de thé au gingembre.

— *Lola*, je ne suis pas malade. Je n'ai pas besoin de thé au *salabat*.

Je toussai en la regardant.

— Tu es malade au cœur. Bois du thé.

Elle croisa les bras sur son tee-shirt des Flyers. Jour différent, maillot des Flyers différent. Celui-ci portait le numéro 16 et le nom de CLARKE était inscrit dans le dos. Elle en possédait un tel que celui-là depuis le milieu des années soixante-dix.

Le thé au gingembre était si fort que j'eus un haut-le-cœur, mais le goût me permit de me sentir un peu mieux, même s'il me tuait lentement. Cela me ramena à des jours plus simples, quand j'étais enfant et que j'avais un rhume. Chaque fois que j'éternuais, j'avais droit à une tasse de thé au *salabat*.

— J'ai l'impression que toute ma vie tourne complètement à l'envers, reniflai-je dans mon thé.

La tasse était chaude et apaisante entre mes paumes.

— Qu'est-ce qui la retourne ? Problème d'homme ?

Lola poussa vers moi une assiette de biscuits achetés au magasin. Je secouai la tête, et en pris un quand même. Quelle différence cela ferait-il si je prenais du poids ? Ce n'était pas comme si j'allais repatiner de sitôt. Cette dernière représentation à Harrisburg avait conclu mes apparitions définies par contrat. À croire que ce rêve de faire un spectacle extravagant sur la glace avec pour thème les années quatre-vingt était mort à présent, avec tous mes autres espoirs et chimères.

— Je connais à peine l'homme. Je veux dire, nous avons partagé un coup… un moment intime et quelques baisers. Pourquoi devrais-je revivre ça ?

— Revivre quoi ?

— L'enfer, c'est un toxicomane.

Je trempai mon biscuit dans mon thé, avant de le fourrer complètement dans ma bouche. Le goût sucré était incroyable. J'attrapai donc un autre cookie et recommençai. Il fondit sur ma langue. Chaud, oui, mais tellement incroyable et interdit depuis *tant* d'années que je me moquais bien de me brûler toutes les papilles gustatives.

— Tu as un nouveau petit ami ?

Elle fit la moue.

Je m'empressai d'expliquer – ou d'essayer – avant que son cœur ne se brise en deux.

— Non, nous n'en sommes pas là. Du tout. Nous sommes attirés l'un par l'autre et nous nous sommes embrassé une ou deux fois.

— Et fait des pipes.

— *Lola !*

— Quoi ? Tu penses que je ne sais pas que deux homosexuels se sucent la queue ?

Je pris deux autres biscuits et les mangeai pendant que ma grand-mère attendait patiemment.

— Non, je me doute que tu sais ce que font les gays. C'est juste…

Je soupirai et lui racontai notre histoire, à Dieter et moi, ne lui épargnant aucun détail, sauf nos rencontres sexuelles.

— Puis je suis parti. Non, s'il te plaît, ne me regarde pas de travers.

— Tu quittes un homme qui a besoin d'aide ? Tu veux bien lui sucer la bite, mais tu ne veux pas être son ami quand il a besoin de toi ?

Ses sourcils argentés se froncèrent. Je baissai la tête, et enfournai un autre biscuit.

— Trenton, nous t'avons élevé mieux que ça.

— Je sais, mais je ne peux plus le faire. Je ne veux pas souffrir avec un autre toxicomane. Jonas m'a presque tué.

— Jonas a failli mourir. Quatre fois, je sais.

Je lui jetai un coup d'œil à travers ma frange aplatie. Elle me montrait quatre doigts.

— Alors, tu as fui Dieter parce qu'il te fait peur ? Depuis quand être effrayé te fait courir dans l'autre sens ?

— Depuis que mon monde est en lambeaux. Je ne pense plus être en mesure de me battre, *Lola*.

J'avalai un autre biscuit.

— Mon cul ! Tu combats depuis que tu as huit ans et que Clay t'a balancé que seules les mauviettes faisaient elles-mêmes leurs tenues de patinage.

Elle se pencha au-dessus de la table, ses gros seins reposant sur ses avant-bras tachetés. Je croisai son regard.

— Te souviens-tu de ce que tu as répondu à ce connard de Clay quand il t'a dit que les garçons ne se servaient pas d'une aiguille ?

Je me rappelais parfaitement de ce moment. Je ne

voulais simplement pas admettre ce que j'avais fait. Je secouai la tête.

— Tu as rétorqué que les garçons peuvent coudre s'ils en ont envie. Tu t'es dressé contre lui et tu combats les bigots depuis toujours. Tu veux vraiment apprendre aux enfants patineurs qu'ils ne doivent pas se battre ?

— *Lola*, c'est différent, gémis-je.

Et je gobai un autre cookie.

Elle s'adossa à sa chaise, sa bouche formant un pli serré. Merde ! Elle était fâchée contre moi maintenant. Je connaissais ce visage.

— Jamais je n'ai cru voir le jour où mon célèbre petit-fils gay cesserait de lutter. Tous les enfants seront tristes.

Elle secoua la tête et un sentiment de honte m'envahit.

— J'ai peur, murmurai-je. Je regarde cet homme et je pense que je pourrais me soucier de lui. Les gens qui aiment font des choses stupides. Regarde maman ! dis-je, agitant la main. Elle est allée voir Clay. Le savais-tu ?

— Je suis au courant. Je lui dis de ne pas s'y rendre, mais elle l'aime.

— Comment ? Comment peut-elle aimer un tel homme ? Comment peut-elle aller voir celui qui nous a volés et nous a laissés au bord de la ruine financière ? Ce n'est pas logique !

Je mangeai deux autres biscuits, mâchant avec colère.

Lola haussa les épaules.

— Les gens amoureux agissent stupidement.

Elle prit une gorgée de son thé au gingembre et soupira comme si elle était heureuse. Ses yeux rencontrèrent les miens par-dessus ma tasse.

— Aimes-tu cet homme ?

— Non, non, nous en sommes loin !

Je tendis la main pour prendre un biscuit et fus choqué de découvrir que le paquet était vide. Eh bien ! Ils iraient droit sur mon cul et mes hanches.

— Cela pourrait évoluer, cependant. Je suis incroyablement attiré par lui. Nous sommes juste des amis, en quelque sorte. Oui des amis. Nous sommes simplement des amis. Enfin… la plupart du temps. Il a de beaux yeux, *Lola*. Verts avec des éclats ambrés autour des pupilles. Un bel homme renversant.

Je pouvais imaginer Dieter devant mes yeux, un sourire jouant sur son visage habituellement sombre. Un frisson provenant d'un besoin primal et puissant me parcourut. Il pourrait bien y avoir une raison. Oh oui…

— Puis, il y a ces pilules…

— Peut-être a-t-il besoin de l'aide d'un ami qui offre aussi des fellations ?

— Peut-être, concédai-je, alors que mes joues rougissaient un peu. Et pour maman ? Qu'allons-nous faire d'elle ?

— Nous allons la laisser commettre ses propres erreurs, bébé. Comme nous l'avons fait pour toi. Veux-tu d'autres cookies ?

— Resteras-tu assise pour parler avec moi pendant que je les mange ?

Elle souriait tellement que ses joues ridées dissimulaient presque ses yeux bruns.

— Tu sais que *Lola* est toujours là pour ses bébés.

— Oui, je sais.

Je tendis la main par-dessus l'assiette de biscuits vide et entrelaçai mes doigts aux siens.

— J'en suis conscient.

———

Je le traquai jusqu'à son hôtel. Ce fut facile. J'avais simplement appelé Adler Lockhart, l'homme qui avait embrassé Layton Foxx. Il fut heureux de me révéler dans quelle chambre se trouvait Dieter, et de me raconter une histoire à propos d'une chèvre, suivie d'une blague sur une fève de lima allant se confesser. Lui rendre visite constituerait la première étape de mon Tour des Discussions Sérieuses. Quand j'en aurai terminé avec Dieter, je rentrerai à la maison pour attendre ma mère et la confronter également. Oui. Regardez bien Trent se battre.

Il y avait quelques heures, alimenté par le thé, les biscuits et les discussions motivantes de *Lola*, cela m'avait semblé être une idée *géniale*. Aller voir Dieter, nourriture à la main – idée de *Lola* – pour l'informer que j'étais prêt à l'aider autant que je le pourrais, et que je ne m'impliquerai *plus* m'impliquer avec lui. Copains. Nous serions simplement des amis. Éventuellement avec quelques avantages. Sucer sa queue avait été trop incroyable. J'étais prêt à parier qu'il réagirait avidement, aussi bien en tant que passif qu'actif. Les deux me convenaient.

Imagine cette longue et grosse bite s'enfonçant lentement dans...

— Trent, pour l'amour de tous les Dieux ! Arrête ça ! sifflai-je avant de frapper fort à la porte de la chambre 22-B.

Des potes. Juste des camarades. Pas de fellations. Pas de baisers. Absolument pas de queues dans le cul de quiconque. Nan. Non, rien de tout ça. Un ami. Un homme en aidant un autre qui se débattait. Je serais une âme charitable. Que quelqu'un aille me chercher un putain de badge du mérite !

La porte s'ouvrit. Je levai les yeux et vis l'expression de Dieter passer de morose à extatique en l'espace d'une fraction de seconde. Et revoilà ce sourire. Celui qui montrait une petite fossette sur sa joue droite. Celui qui traversait le brouillard sombre de ma peur et repoussait le sentiment de malaise telle la lumière d'un phare. Le sourire qui me faisait balbutier et paraître stupide.

— Nourriture.

Je soulevai le sac isotherme que *Lola* avait rempli de bons petits plats faits-maison et le lui offris.

— Je veux dire que ma grand-mère nous a préparés à manger. Pour un pique-nique À l'intérieur. Où personne ne peut nous voir parler. Il faut que nous discutions.

— Oh, wow ! C'est génial.

Il ouvrit la porte en grand.

Je pris une profonde inspiration, sentis Dieter et le bois de santal, et compris que mon bateau se dirigeait droit vers des rivages rocheux, afin de conserver la métaphore maritime dans lequel mon esprit semblait coincé.

— Je suis vraiment content de te voir.

Je me retournai, sac violet du marché local à la main, alors que la porte se refermait.

— Je me suis montré impoli avec toi et je dois m'excuser.

Dieter secoua la tête.

— Non, tu n'en as pas besoin. Je n'aurais pas dû t'infliger tout ça.

— Non, contrai-je. Je dois m'asseoir et t'expliquer pourquoi j'ai réagi ainsi. Je veux aussi t'offrir mon amitié pour t'aider à surmonter tes problèmes avec les pilules.

— Tout va bien.

Il sourit largement.

Ma proue heurta les rochers. Proue. Était-ce l'avant d'un bateau ? Qui pouvait bien le savoir ? Les marins, je parierais. Dommage que je n'aie jamais piloté de navire auparavant. Ce qui expliquait pourquoi le mien prenait déjà l'eau.

— Je les ai tous jetés dans le drain. J'en ai fini avec eux. Je suis clean.

Je compris ce qu'il disait, cependant, je ne parvenais tout simplement pas à croire ce que j'entendais. Je regardai autour de moi, trouvai la commode et posai soigneusement le sac dessus. Ensuite, je déroulai mon foulard – celui que j'avais légèrement déchiré dans mon bras de fer avec les portes de ma patinoire – et le jetai à côté du sac.

— Dieter, chéri, tu ne peux pas arrêter net. Tu sais que c'est vrai, non ?

— Si, je peux. Je m'en suis déjà sorti auparavant. Et cette fois ? J'ai arrêté tôt. Alors, c'est bon.

Mon Dieu ! Il croyait vraiment ce qu'il disait. Oh, mon...

— Pourquoi ne pas nous asseoir à cette petite table sur la terrasse pour parler ?

— Bien sûr ! Oui ! Ce serait génial !

Il se précipita et contourna le lit, en direction des portes coulissantes en verre. Puis il les ouvrit avec une telle ardeur qu'elles vibrèrent dangereusement au bout du rail. Les sons de Philadelphie s'infiltrèrent à l'intérieur.

— Je suis si heureux de te voir, Trent. Je t'aime bien.

— Je t'aime bien aussi, avouai-je.

Je repris le sac, et passai devant lui pour sortir sur le patio étroit. La ville s'étendait au-dessous de nous, les gratte-ciel s'élevaient, essayant de toucher le soleil couchant. La table et les chaises étaient poussiéreuses. Dieter courut à l'intérieur quand je plissai le nez et revint avec un tee-shirt pour les essuyer. Puis il tira un siège, comme si j'étais une duchesse attendue à un grand bal.

— Merci, murmurai-je en m'asseyant.

Il jeta le tissu sale dans sa chambre, avant de s'installer en face de moi. Il semblait à la fois culminer au sommet du monde et fatigué. Je pouvais aisément prédire qu'il aurait bien plus mauvaise mine dans les jours prochains s'il avait réellement jeté tous ses antidouleurs. Je ne dis rien, cependant, me contentant de fouiller dans le fourre-tout puis de poser les petits plats Tupperwares sur la table en verre ronde. En bas, dans la rue, une alarme s'éleva, retentissant quelques minutes seulement.

— Ça sent bon. Qu'est-ce que c'est ?

Il avait soulevé le couvercle du récipient contenant une montagne de *caldereta*.

— C'est un plat à base de viande de porc et de tomates. Légèrement semblable à du ragoût, je suppose. Ma grand-mère l'a préparé hier, mais c'est toujours meilleur le lendemain.

— Est-elle japonaise ou chinoise ?

Il prit les couverts que je lui tendis.

— Est-ce trop curieux de ma part ? Je veux juste… Je veux en savoir un peu plus sur toi, ta famille et tout ça.

— Non, elle vient des Philippines. Elle a épousé mon grand-père, un soldat américain, quand il était en poste à Manille, à Subic Bay, pendant le conflit avec le Vietnam.

Elle est revenue avec lui, a eu ma mère aux États-Unis et a obtenu la citoyenneté dans les années soixante-dix.

— Oh, d'accord, alors, tu es un quart philippin ?

— Quelque chose dans ce goût-là.

J'ouvris un plat plus petit contenant du pain *pandesal* qui restait du petit-déjeuner.

— Et tu es allemand, non ? Dieter Lehmann – ça sonne *vraiment* allemand.

— Hmm… oui, pour moitié. Ma mère est canadienne. Elle faisait du patin à roulettes.

— Oh ?

Je lui tendis un morceau de pain. Il sourit et me remercia, puis le plongea dans son ragoût.

— Oui, c'est une de tes grandes fans. Elle m'a annoncé qu'elle allait voir si mon père et elle pourraient venir du Canada pendant le tournage afin de te rencontrer.

— Ce serait bien.

Je découpai un petit morceau de pain, puis tendis la main pour le tremper dans son énorme récipient de ragoût. Il acquiesça et fourra son bout de rouleau dans sa bouche. Cela semblait être le moment idéal pour se lancer dans le discours sur la dépendance, pourtant…

Si je le faisais, il se fâcherait et ce beau moment s'envolerait. Je décidai donc de laisser couler pour l'instant. Nous mangeâmes et parlâmes de tout et de rien à la place, ses yeux ne me quittant jamais. Je savais que je ne me rendais pas service, à Dieter non plus, en remettant le sujet à plus tard. Je voulais profiter de ce moment de paix avant de le confronter aux faits froids et durs.

Quand la nourriture disparut, Dieter se leva, courut à l'intérieur et revint avec deux bouteilles de bière. Je pris la mienne par politesse.

— Tu n'aimes pas la bière ?

— Si, mais ça fait vraiment grossir.

Je lus l'étiquette, roulai des yeux et pris une grande gorgée. Aujourd'hui serait une exception. J'avais déjà mangé deux douzaines de biscuits. Mon cul serait gigornimous d'ici la fin de l'année.

— Tu es vraiment svelte. Je ne pense pas qu'une bière de temps en temps te fasse beaucoup de mal.

— Eh bien, comme tu le sais, les calories vides sont les jouets du diable pour les athlètes. Nous devrions ingurgiter seulement de quoi nourrir nos corps, cependant, c'est délicieux.

J'embrassai le goulot de la bouteille marron foncé.

Dieter ricana et se dirigea vers la rambarde. Il se pencha pour reposer ses avant-bras sur le rail en fer forgé. Il avait de beaux avant-bras. Épais, légèrement duveteux, puissants semblables au reste de sa personne. Je ris légèrement tandis que je buvais ma boisson, tout en reluquant un joueur de hockey. Mon Dieu ! Comme le monde de Trent Hanson avait changé.

Dieter me lança un coup d'œil par-dessus son épaule.

— Qu'y a-t-il de si drôle ?

Je secouai la tête et me levai pour le rejoindre, laissant ma bouteille sur la table avec les récipients sales. Il me regarda venir à lui, tel un homme trop assommé pour s'écarter du chemin d'une poutre d'acier qui approchait. Pour dire la vérité, c'était *moi* qui étais attiré *vers* lui. À l'instar d'un monticule de copeaux en métal par un aimant. Je posai une main sur son avant-bras, celui que j'admirais depuis la table. La peau sous ma paume se contracta. Ses yeux vert-doré se fermèrent une seconde, puis se rouvrirent, piégeant mon regard et le retenant. Je fis courir mes doigts plus haut, les traînant sur le pli intérieur et sensible du coude, avant de les glisser sous la manche de son tee-shirt bleu sombre des Railers.

— Il n'y a rien de drôle à ce sujet, non ? demandai-je, alors que mes doigts s'enfonçaient dans l'énorme muscle de son biceps.

Sa tête s'agita d'avant en arrière.

Mes yeux s'attardèrent sur sa bouche. Il aurait un goût de bière et de porc épicé. C'en était trop pour un homme aussi faible que moi. Ma main gauche se leva pour couvrir son visage. Sa joue était plus épaisse, à cause de la présence de nouvelles moustaches. L'abrasion sur ma tendre paume déclencha un sursaut de désir qui se précipita dans mon entrejambe. Ses yeux étaient beaux, envoûtants. Cela revenait à contempler le cœur d'une jungle épaisse avec des plantes vert jade et des tiges brillantes, reflétant le soleil doré.

— Veux-tu aller à l'intérieur ? Moi, oui. Je veux t'emmener au lit.

Il n'y avait qu'une seule façon de répondre à cela. Je guidai sa bouche à la mienne, d'une légère pression sur sa mâchoire. Le baiser passa de délicat à exigeant en l'espace d'une milliseconde. Ses dents rebondirent sur les miennes. Je glissai une main derrière sa tête, enfonçai profondément mes doigts dans la partie postérieure de son crâne et bombardai sa bouche avec ma langue.

Dieter laissa échapper un gémissement grave et long, me rendant coup pour coup. Puis, à croire que j'avais écrit le script de mes fantasmes préférés, il se redressa et me dominait à présent, sa bouche scellée sur la mienne, laissant tomber sa bouteille de bière sur la table. Elle la rata. On s'en foutait. Alors que le malt et le houblon coulaient sur la table et la terrasse, Dieter et moi trébuchâmes à l'intérieur, tirant sur nos vêtements tout en nous suçant mutuellement la bouche.

Vous savez, comme les « amis seulement » que nous étions censés être.

HUIT

Dieter

Dévorer sa bouche empêcherait Trent de parler. C'était tout ce à quoi j'avais pu penser lorsque j'avais envisagé de l'embrasser, toutefois, à la minute où nos lèvres se touchèrent, je n'utilisais plus le baiser en guise de distraction, le désirant sous moi, au lit, dans dix secondes chrono.

Même la façon dont Trent se déshabillait était sexy, et je faisais de mon mieux pour agir de même, bien qu'il n'y ait rien de langoureux dans la façon dont je déchirais mes vêtements avant de lancer un Trent, nu, sur mon lit.

Il incarnait ma nouvelle dépendance, semblait-il, et j'avais besoin de lui autant que de mon prochain shoot d'opiacés. Je ne pouvais pas arrêter de l'enlacer, il était si petit que je pouvais le plaquer contre moi et soutenir tout son poids. Il était étendu sur moi, dur contre ma cuisse, et ses mains agrippaient mes cheveux. Et ce baiser… putain, je voulais tout de lui. J'en désirais plus, l'étreindre et le toucher.

Un besoin urgent s'insinua en moi.

— Je veux te prendre, soufflai-je à son oreille. S'il te plaît…

— Dis-moi que tu as ce qu'il faut, répondit Trent.

Puis il recommença à mordre mon cou et se frayer un chemin jusqu'à mes lèvres.

Aveuglément, je tendis le bras et fis claquer ma main sur la table de nuit, avant de m'incliner sur le côté, emmenant Trent avec moi, lorsque je ne pus l'atteindre. Il s'esclaffa contre ma bouche, et ce fut le rire le plus doux et le plus pervers que j'avais jamais entendu. À nous deux, nous trouvâmes le lubrifiant, les préservatifs et mon gode qui, pour une raison quelconque, lui fit écarquiller les yeux.

— Dis-moi que tu l'utilises sur toi, murmura-t-il, que tu es aussi bien actif que passif ?

En guise de réponse, je mordillai sa peau échauffée et nous fis rouler afin de me retrouver au-dessus.

— À quatre pattes, ordonnai-je.

Je voulais le prendre face à face, cependant, je voulais d'abord l'admirer et tout voir de cet homme. Il obéit avec un sourire, écartant les cuisses pour moi, et je le fixai.

— Vas-tu faire quelque chose ? demanda Trent, me regardant par-dessus son épaule.

Je déroulai le préservatif, attrapai le lubrifiant, en étalai sur mes doigts et effleurai chaque parcelle de son corps. Sa queue était parfaite, son cul étroit, ses cuisses – Dieu, ses cuisses… – et je sentis que j'étais perdu. Je traçai des dessins froids sur sa peau, me concentrant sur sa queue, ses bourses, glissant sur son ouverture, avec juste assez de pression pour qu'il se balance contre ma main. J'enfonçai un doigt à l'intérieur alors que je lui mordais le cul, puis apaisai la meurtrissure avec ma langue. Quelque chose heurta mon genou. Je jetai un coup d'œil pour trouver le gode dans la main de Trent.

— Étire-moi, exigea-t-il.

Putain, il se montrait tyrannique, et l'espace d'une seconde, je l'imaginai m'ordonnant de me mettre à genoux pour le sucer. Je gémis à cette pensée, lubrifiant le gode et l'appuyant contre lui alors que je léchais son postérieur et ses cuisses. J'utilisai mon poids pour le repousser, de manière à ce que sa tête repose sur les oreillers et qu'il soutienne son poids sur ses coudes. Ainsi, je pouvais introduire le gode en lui et le regarder l'étirer, imaginant ma queue à sa place. Je saisis la sienne, faisant glisser ma main de la base à la pointe, dans un rythme tremblant, tandis que le jouet entrait plus profondément, et les sons que Trent faisait… étaient obscènes. Exigeants.

Bordel ! Je perdais la boule.

J'écartai l'objet, et insérai mon sexe à sa place, doucement, n'hésitant qu'un instant, afin de vérifier si Trent allait bien. Il se repoussa – il me voulait en lui – et j'étais plus que prêt à faire ma part. Plus que cela même.

Je l'emprisonnai sous moi, posant mon front sur son épaule, et j'en voulais davantage. Je voulais l'embrasser, j'avais besoin de le retourner. Je me redressai, le prenant avec moi, l'asseyant sur mes cuisses, totalement enfoui à l'intérieur de lui. Il tourna son visage. Je pouvais enfin capturer ses lèvres. Maladroitement, salement, néanmoins, c'étaient les meilleurs baisers tandis que nous gémissions et exigions tout l'un de l'autre. J'enroulai mes mains autour de sa poitrine, le soulevai, l'aidai à se relever, haletant alors qu'il s'abaissait à nouveau.

Merde. Je n'ai jamais…

— Touche-toi, ordonnai-je, et il obéit sur-le-champ.

Je pouvais voir sa main posée sur sa queue, le goûter en même temps, et j'étais si proche, cependant, je voulais qu'il jouisse avec moi, en dépit de l'improbabilité que cela se produise.

Je le pris de vitesse de quelques secondes, m'enfouissant si profondément que je craignis de lui avoir fait mal, puis il me rejoignit, atteignant l'orgasme. Nous restâmes verrouillés ainsi pendant une seconde, jusqu'à ce que mon genou commence à me faire mal et que je me dégage de lui, nous essuyant avec mon tee-shirt précédemment mis de côté, avant de m'allonger sur le lit. Il s'installa à côté de moi, se blottissant contre mon corps et soupirant.

— C'était bien, murmura-t-il. Plus que ça même.

Et tout ce à quoi je pouvais penser, c'était qu'avec Trent, j'avais connu le putain de meilleur sexe de toute ma vie, jusqu'à présent.

Je me réveillai à la sensation d'être malade. Trent était toujours recroquevillé contre moi, son visage enfoui dans l'oreiller, sa main posée sur ma poitrine. Je me dégageai, il murmura des paroles incompréhensibles dans son sommeil, sans bouger pour autant. Je me rendis à la salle de bain, frottant mon ventre, repensant à ce que j'avais mangé.

Et si la caldereta avait été mélangée à autre chose ? Et si Trent essayait de m'éjecter de son programme de patinage ?

Je secouai la tête afin d'écarter les pensées stupides et essuyai mon front en sueur, puis m'assis sur le bord de la baignoire. Les nausées revinrent, tourbillonnant dans mon estomac, alors, je m'agenouillai à côté des toilettes. Tout ce que j'avais mangé cette nuit-là finissant par être renvoyé dans la cuvette. Je ne pensais pas avoir été bruyant, j'avais essayé d'être aussi silencieux que possible, pourtant Trent était présent, collant une serviette fraîche sur ma tête et murmurant des mots qui n'avaient aucun sens pour le moment.

Il posa une main sur ma poitrine, au niveau de mon cœur, et poussa un soupir, puis il m'aida à me relever. Pour un gars mince, il était sacrément fort. Il me ramena au lit et m'exhorta à m'asseoir, toutefois, je ne voulais pas rester là. J'éprouvais cette soudaine envie de sortir sur le balcon et de rester parfaitement immobile dans l'air nocturne.

— J'ai besoin d'air, déclarai-je, du moins, c'était ce que je voulais dire poliment, bien que ce qui sortit ressemble davantage à un « va te faire foutre ! » grincheux lorsque Trent tenta de me maintenir sur place. Il y eut un bras de fer silencieux entre nous. Je gagnai — même si Trent était fort, je bénéficiais encore de l'avantage de peser trente kilos de plus que lui et possédais la volonté d'un joueur de hockey qui voulait suivre sa propre voie.

L'air était frais et je me laissai tomber sur une chaise, donnant un coup de pied dans la bouteille de bière vide et la regardant rouler au coin, près de la porte.

Quand l'ai-je laissée ici ? Je peux vous garantir qu'un sombre imbécile l'a fait tomber d'un autre appartement. Totalement stupide de gaspiller une bonne bière. Connards !

Trent me suivit dehors, appuya de nouveau sa main sur mon cœur et je le repoussai, qu'il aille se faire foutre pour essayer de me toucher tout en m'observant d'un air renfrogné.

— Va-t-en ! crachai-je.

J'étais embarrassé d'être malade, j'avais mal à la tête et tout le bonheur sexuel que j'avais pu ressentir s'était envolé.

— As-tu des fourmillements dans les bras ? demanda Trent, posant une bouteille d'eau à côté de moi.

Je me jetai dessus avec gratitude, la brûlure de l'acide qui remontait dans ma gorge étant inconfortable. Cela avait mauvais goût. J'étais malade.

Un insecte ou une putain d'intoxication alimentaire. Saloperie de nourriture étrangère !

— Non, je n'ai aucun putain de fourmillement dans les bras.

Je me sentis immédiatement mal. Qu'est-ce qui n'allait pas chez moi ? Trent s'occupait de moi, m'offrait de l'eau, m'avait même tenu et rafraîchi la tête.

— Ton cœur s'emballe, commenta Trent avant de prendre la chaise à côté de la mienne. Te sens-tu anxieux ?

Tu m'as entubé !

— Je crains que la cuisine de ta grand-mère m'ait rendu malade, rétorquai-je sèchement.

Trent me dévisagea simplement, arborant une expression neutre. Il avait l'air de réfléchir à ce qu'il voulait dire, et j'attendais avec impatience les mots pleins de sagesse d'un crétin de patineur artistique à paillettes.

— Tu souffres de symptômes liés au sevrage, dit-il finalement.

— Peu importe ! renvoyai-je immédiatement.

Parce que oui, c'était une réponse sensée à une déclaration aussi radicale.

— Ton cœur, le fait d'être malade, et je parie que tu es assis là à me maudire pour la nourriture, les soins apportés, sans oublier de mentionner que je suis en train d'assister à ce qui t'arrive.

— Va te faire foutre, Trent !

Il retroussa les lèvres montrant sa désapprobation et secoua la tête.

— Le sevrage du Percocet ne mettra pas ta vie en danger, c'est juste une sensation, ajouta-t-il, son expression ne changeant pas.

— Je ne l'utilise plus, répondis-je sèchement. Mon genou me faisait mal, c'était juste pour soulager la douleur.

— Dit l'homme qui a avalé tant de comprimés qu'il en a perdu la tête.

— C'était une simple erreur de dosage, et tu le sais !

— Ils ne t'ont même pas été prescrits, renchérit Trent.

Il se montrait tellement raisonnable que ma mauvaise humeur explosa.

— Les as-tu achetés à un autre joueur, ou sont-ils distribués comme des bonbons entre vous ?

Je ne répondis pas à sa question. Oui, je les avais achetés il y avait longtemps, lorsque j'étais en proie à une *véritable* dépendance.

— Erreur ou pas, tu en as délibérément pris plus que tu n'aurais dû – ce que tu ne savais pas, c'était qu'ils étaient plus forts que ceux que tu avales d'habitude.

Je voulais lui faire mal, serrer les poings et frapper son putain de visage parfait.

Je ne veux pas le blesser. Il doit partir.

— Tu peux rentrer chez toi, dis-je.

La colère qui bouillonnait en moi me rendait irrationnel.

Il secoua la tête, semblant déterminé à s'attaquer à ce qui se cachait dans mon passé.

— Quand as-tu pris la dernière pilule ?

— Je n'ai rien fait, dis-je, conscient d'agir de manière absurde.

Qu'est-ce que je n'avais pas fait ? Qu'essayais-je de nier encore ?

Trent se mordillait les lèvres et ses yeux chocolat étaient brillants, donnant l'impression qu'il essayait de ne pas pleurer. Que se passe-t-il ? Pourquoi pleurait-il ?

— Peu importe combien de temps cela fait, environ soixante-douze heures après la dernière dose, les symptômes de sevrage ont tendance à atteindre un pic – sévère, intense. Cela ne fera qu'empirer. Tu comprends ça, hein ?

On aurait dit qu'il récitait un manuel technique et, croyez-moi, je les avais déjà tous lus avant lui.

Je voulais rétorquer quelque chose d'intelligent, du genre : Trent tu réagis de manière excessive. Je devais insister sur le fait que j'allais bien, alors que tout ce à quoi je pouvais penser c'était à le sommer de partir, avec toute une flopée de jurons en sus. Ma colère intérieure rendait impossible toute formation d'une phrase cohérente.

Il se leva.

— Je ne m'attends pas à ce que tu sois présent demain. Je raconterai à ton équipe que tu souffres d'une intoxication alimentaire ou quelque chose dans ce goût-là.

Attends ! Non !

— Je n'ai jamais manqué un match ni une apparition, je serai là.

Je me frottai les bras. Brusquement, j'eus froid, alors

que ma tête était brûlante, et une nouvelle vague de nausées menaça.

— Le sevrage commence lorsque ton corps attend sa prochaine dose, déclara Trent. Souviens-toi de ça. Tu as besoin d'aide pour y faire face.

— Je n'ai besoin de personne.

— Si, insista-t-il. Tu es un toxicomane et tu nies avoir rechuté. As-tu un sponsor ?

Mike l'était, un bibliothécaire discret de ma ville natale. Pas même intéressé par les joueurs de la LNH, juste un gars qui avait du bon sens et qui avait toujours été là pour moi. Je n'avais pas besoin de lui, il faisait partie de mon passé.

— Moi, je ne peux pas t'aider, murmura Trent quand je ne répondis pas.

Il avait décidé que ma dépendance était trop forte pour lui ? Eh bien, peu importe. Ce n'était pas comme si j'avais besoin de lui dans mon monde, avec ses merdes scintillantes et son patinage artistique.

Mais… attends... Et si je perdais la chance d'être avec le seul homme qui m'avait fait croire que j'avais envie de plus ? Je désirais la présence de sa luminosité dans ma vie. Je voulais les paillettes, le sourire, le plaisir, son goût, le flirt et le sexe.

Génial. J'étais à présent passé au stade pathétique post-malade de toute cette merde. Tout était de la faute de Trent.

Pourquoi est-ce que je fais ça ? Qu'est-ce qui ne va pas chez moi ? Pourquoi Trent m'abandonne-t-il après une baise ?

Il glissa ses mains dans les poches de la robe de chambre qu'il portait, la mienne. Elle l'engloutissait. Je baissai les yeux. J'étais nu. Assis sur mon balcon, les couilles à l'air.

Et j'avais chaud.

Et froid.

Brusquement, ma colère s'apaisa, je me sentis lamentable et stupide, et Trent s'en allait.

— S'il te plaît, ne pars pas, demandai-je.

Même moi, je pus discerner à quel point je paraissais pathétique, et démuni. Que me devait Trent ? Rien du tout.

— J'aimerais pouvoir rester, reprit-il.

Son ton m'indiquait qu'il mentait.

— Il est tard et je dois me lever tôt pour faire face à une autre bataille.

Je tendis la main.

— Reste, s'il te plaît.

J'avais l'air brisé, pitoyable, et tout le reste, bref, ce que les comprimés m'avaient volé.

Trent soupira, revint vers moi et s'assit sur le bord de l'autre chaise, prenant ma main dans la sienne. J'adorais la façon dont il me tenait la main et un sentiment affectueux s'insinua en moi. Il comprenait. Il n'allait pas partir, il allait être mon ami, mon amant, mon soutien. Il m'adressa un petit sourire, et je compris que tout irait bien, je n'avais pas tout foutu en l'air.

Puis, il gâcha tout.

— Dieter, il y a un programme lié aux addictions, aux substances illicites au sein de la LNH, dit-il. Ils donnent également des conseils, alors je suppose que tu as déjà été en contact avec eux. Ne veulent-ils pas te revoir de temps en temps ? Tu pourrais les appeler.

Quoi ? J'écartai brusquement ma main.

— Va te faire foutre ! grondai-je.

— Dieter, si tu ne les appelles pas...

— Quoi ? Tu le feras ? Tu foutrais ma carrière en l'air à cause d'un seul faux pas ?

— Ce n'est pas le premier et tu le sais.

— Putain, vas-y ! Je n'ai pas besoin de tes conneries, peu importe à quel point tu es une bonne baise.

Il acquiesça, se leva et partit.

Je restai assis là, nu sur mon balcon, sentant que tout allait mal.

———

Je me réveillai, toujours à poil sur le balcon, à l'aube d'un nouveau jour à Philadelphie. Me sentant comme de la merde. Trent m'avait vu à l'un des pires moments de ma vie et il m'avait abandonné. Il s'était simplement levé et s'en était allé.

De toute façon, je n'avais pas besoin de lui. J'étais dans la LNH maintenant, et il y avait beaucoup de fans de la rondelle qui voulaient de moi. Bon sang, si je me rendais dans un club gay, ils tomberaient tous pour le gars musclé avec un contrat.

J'étais ce type.

Un homme brisé.

Je retournai dans la chambre en vacillant, m'arrêtant juste à l'intérieur avant de revenir pour ramasser la bouteille de bière et la jeter dans la poubelle. Je refis mon lit, ou du moins j'essayai de redresser les couvertures, et m'assis lourdement quand je remarquai le bleu éclatant de l'écharpe que portait Trent lorsqu'il était arrivé. Je ramassai le tissu doux et enfouis instinctivement mon nez dedans, retrouvant le parfum de mon amant, tel que je m'en souvenais.

Amant ? Non, juste un coup d'un soir avec qui j'avais totalement merdé.

J'attrapai mon portable, le retirant du chargeur et fis défiler mes contacts. Le premier nom avec lequel j'envisageais de me connecter était Layton, afin de lui demander de donner une raison à l'équipe pour expliquer mon absence d'aujourd'hui. Ensuite, je devrais certainement me montrer honnête concernant ce que j'étais en train de vivre, d'autant qu'il se démenait déjà avec toute cette histoire d'une possible sex-tape, et du chantage, bien que cette partie soit restée très silencieuse depuis le dernier message de Marianna.

Le nom suivant sur ma liste fut Mike, un numéro que je n'avais pas utilisé depuis longtemps. J'appuyai sur le bouton avant même d'y avoir vraiment réfléchi. Je n'avais pas pris en compte le décalage horaire et je faillis raccrocher au nez de mon vieux sponsor. Celui qui m'avait tenu la main dans des moments difficiles.

Il décrocha, sa voix était endormie, rauque et semblait quelque peu apathique.

— Dieter ?

Mike prononça mon nom, juste mon nom. Pas de « bonjour » ni de « comment vas-tu ? » Je ne l'avais pas contacté depuis plus d'un an, et même s'il avait téléphoné pour me laisser quelques messages, je n'avais pas eu *besoin* de lui. Du moins, c'était l'impression que j'avais eue.

— Mike, répondis-je, car je ne savais pas quoi ajouter.

Le silence s'éternisa. Ce n'était pas inhabituel – mes conversations avec Mike incluaient souvent des pauses où nous restions assis à réfléchir aux extrémités opposées de la ligne. Je perçus du mouvement, la douce expiration de Mike qui se levait et sortait du lit.

— Je vais préparer du café, murmura-t-il.

J'en fis de même, le mettant sur haut-parleur, il me fallait prendre un peu de distance avec cet homme qui était mon confident et mon soutien depuis si longtemps.

Je bus mon breuvage, me sentis mal, la poitrine serrée par l'anxiété et froidement, je compris qu'il s'agissait du sevrage et qu'un seul comprimé atténuerait la douleur et la confusion.

Mais Trent avait affirmé que je devais trouver de l'aide.

Je le haïssais pour ça, j'avais téléphoné à mon sponsor, non ?

— J'ai appris que tu avais signé un contrat d'un an avec les Railers, déclara Mike, commençant selon son habitude, par des échanges de nouvelles.

J'avais reçu des invitations pour venir le rencontrer et étais conscient que je devrais vraiment faire l'effort d'aller le voir, toutefois, lorsque j'avais été libéré de mon addiction aux médicaments, je n'avais plus éprouvé cette nécessité de me connecter avec lui. J'avais voulu le reléguer dans mon passé.

Il n'en ferait jamais partie désormais. Il demeurerait mon soutien quotidien et ma bouée de sauvetage.

Mon ami, en dépit de toutes les merdes qui m'étaient arrivées.

— C'est un bon contrat, confirmai-je.

— Tu as travaillé dur pour l'obtenir, reconnut Mike.

— Je suis en train de tout foutre en l'air.

Cela résumait assez bien ma situation.

— J'écrase tout sur mon chemin, je ne suis pas prêt pour la LNH, mon genou me fait mal tout le putain de temps, et je ne pense pas être en mesure de réussir.

Silence encore. Il s'attendait à ce que je m'épanche, or, je ne savais pas quoi dire ni comment m'expliquer. J'avais envie qu'il me pose les bonnes questions. Je n'étais pas prêt à parler et je fermai les yeux, espérant qu'il comprendrait.

— Mike, aide-moi, s'il te plaît.

NEUF

Trent

Pour être honnête, je ne me souvenais pas très bien de mon retour à la maison. Il faisait frais pour une journée de la mi-été. Ma gorge et mon cou étaient les plus froids, car mon écharpe était restée près du lit de Dieter. Vous savez, le lit sur lequel je m'étais étalé comme un buffet à volonté. Le lit de celui avec lequel je devais rester « seulement ami » et que pourtant, j'avais laissé me baiser, et atteindre un presque coma orgasmique avec un gode *et* sa queue, car de toute évidence, la grosse bite de cet homme ne *suffisait* pas. Putain, quel était mon problème ? Pourquoi avais-je cédé si facilement à la luxure ? Ce n'était pas le comportement d'un ami qui essayait d'en aider un autre.

— Tu n'es qu'une salope, Trent. Oh, oui, tu l'es !

Soudain, je m'arrêtai.

— Qu'est-ce que tu regardes ? lançai-je agressivement à un homme qui jetait des journaux à l'arrière d'une camionnette rouge.

Il m'envoya paître, à juste titre.

Les pneus de mon scooter glissèrent sur la chaussée et

crissèrent un peu tandis que je passais en dépit du feu orange. Mon cou était douloureusement froid. J'aurais aimé avoir mon écharpe. Certes, il faisait probablement une vingtaine de degrés avec une légère brise estivale, mais quand on a une âme froide et honteuse, on a le cou glacé.

Je me garai devant la maison de ma mère. Le pneu avant heurta le trottoir, parce que je me sentais tellement malade, bouleversé et dégoûté de moi-même que mon esprit était ailleurs. Le scooter bascula et nous tombâmes tous les deux sur le trottoir.

Avec l'aube d'un nouveau jour chatouillant le ciel de saumon, de lilas et de cyan, je restai allongé à côté de mon scooter jaune et fixai le ciel, des larmes coulant de mes yeux et s'infiltrant dans mes oreilles.

Qu'as-tu fait de ta vie, Trent ? Comment la star du monde du patinage artistique a-t-elle fini étalée sur le trottoir devant la maison de sa mère, pleurant comme un enfant qui s'est écorché le genou ?

Je m'assis, retirai mon casque safran et enfonçai le bout de mes doigts froids dans mes yeux. Je devais me reprendre. Je reniflai et toussai, essuyai mon nez qui coulait avec ma manche et me relevai lentement. Quand je me retournai, le casque à la main, ma mère descendait la petite rue, le visage tendu et troublé.

— Combien de fois devrais-je te dire de te débarrasser de ce foutu scooter ?

Sa voix était beaucoup plus forte qu'elle ne devrait l'être à cette heure de la matinée.

— Est-ce que ça va ?

— Comme si tu t'en souciais vraiment ! grondai-je.

Comment osait-elle venir ici, dans sa robe d'été, et me

prendre la tête ? Je la contournai rapidement, avec l'intention d'en discuter à l'intérieur, de sorte que toutes les personnes habitant dans la 16ème Rue n'entendent pas notre aparté. Elle attrapa mon bras au moment où je passais devant elle. Je pivotai pour lui faire face. Ses yeux marron s'écarquillèrent et elle fit un pas en arrière, sa main retombant à ses côtés.

— Ne fais pas ça ! criai-je, lançant mon casque dans le jardin du voisin.

Il atterrit sur leurs rhododendrons.

— Ne m'attrape pas par le bras. Jamais ! Ne prétends pas que tu t'inquiètes pour moi !

Elle ouvrit la bouche pour répondre. Je passai au pas de charge devant elle, les seuls bruits de la rue provenaient du bourdonnement des réverbères, du scintillement d'un million de papillons de nuit contre les ampoules en verre et de la réverbération de mes cris rebondissant sur les petites maisons exigües.

— Tu es allée le voir. Pourquoi ? Après tout ce qu'il nous a fait, notamment à moi, ton fils unique, tu as pris un jour de congé pour aller rendre visite à Clay.

— Trent...

— Je t'ai *suppliée* de venir passer une journée avec moi à la patinoire, de participer à cette putain d'émission que j'ai accepté de faire, uniquement parce que cela te permettra de conserver un toit au-dessus de *ta* tête !

J'inspirai profondément et poursuivis, ne lui laissant aucune chance de répondre. Elle m'avait fait mal. Terriblement. Et j'avais blessé Dieter. Et Dieter en faisait autant avec lui-même. Tellement mal. Nous étions tous noyés sous la douleur.

— Trent, j'ai juste… Ce n'est pas que je ne voulais pas te voir dans cette émission.

Elle resserra le col de sa robe autour de sa gorge. Son cou devait être froid de honte, lui aussi.

— J'étais trop gênée à l'idée d'être filmée. J'ai épousé Clay. C'est de ma faute si tu es fauché maintenant et que tu dois te vendre au plus offrant afin de prendre soin de ta *Lola* et de moi.

Merveilleux. Alors, ma mère confirmait que je n'étais qu'une pute au rabais. Cette journée se déroulait de mieux en mieux, et il n'était même pas six heures encore.

— Dis-moi pourquoi, alors. Fais-moi comprendre pourquoi tu l'as choisi, lui, plutôt que moi ?

Je levai les mains en l'air. Ses yeux se mirent à danser dans tous les sens, pour essayer de les suivre. Une lumière s'alluma de l'autre côté de la rue, à la fenêtre de la chambre de M. Cho.

— Explique-moi pourquoi tu ne peux pas accorder à ton fils une heure ou deux pour participer à son émission, alors que tu peux conduire jusqu'à Mercer et déambuler dans cette prison d'État sans avoir honte.

Les mots jaillissaient de ma bouche. Je me sentais étourdi et j'en vins à me demander si je prenais le temps de respirer pendant que je réprimandais ma mère.

— Tu peux aller voir l'homme qui a volé tout mon argent et l'a jeté par les fenêtres, pour des chiens, alors que Trent n'a droit à rien ! Comment peux-tu faire ça ? Putain, comment peux-tu préférer ce misérable résidu d'être humain, par rapport à moi ?

— Ce n'est pas le cas ! J'y suis allée parce que je l'aime, Trent !

Ses cris rebondirent sur les murs des maisons de

travailleurs à faibles revenus. Quelques autres lumières s'allumèrent chez nos voisins.

— Tu l'aimes ?

Je clignai des yeux.

— Comment peux-tu aimer un homme qui t'a laissée brisée et mourir de faim ? Qui a volé tout l'argent de ton fils, acheté de l'alcool et passé du bon temps avec d'autres femmes – du moins, ce qu'il n'a pas dépensé sur ces putains de lévriers ? Comment peux-tu aimer un type comme Clay ?

— Il a des dépendances, Trent.

Désormais, elle paraissait faible et fondit en larmes, comme elle le faisait toujours quand elle était confrontée à son pauvre choix en matière d'hommes.

— Il a demandé de tes nouvelles. Il veut te voir… pour parler.

— Alors, pourquoi diable voudrais-tu quand même être auprès de lui ?

Je refusai de commenter la déclaration de Clay voulant me voir. Il gèlerait en enfer avant que cela se produise.

— Parce que je l'aime !

— Seuls les idiots aiment des toxicomanes ! rugis-je.

Mes mots me revirent par leur écho, résonnant sur l'avant de la maison de M. Cho. Je claquai mes mains sur ma bouche. Que venais-je de dire ? *Putain, que venais-je de dire ?*

— Trent, tu ne peux pas le penser. Tu as tellement aimé Jonas…

Elle fit un pas vers moi. Je trébuchai en arrière, secouant violemment la tête.

— Il ne m'a jamais aimé, sortis-je derrière mes

paumes. Il ne pouvait pas, car il préférait davantage la dope. Comme Dieter.

Je m'accroupis, appuyant mon dos contre la clôture bon marché qui entourait le jardin de la taille d'un timbre-poste.

— Dieter ? Qui est Dieter ? demanda maman.

Je l'ignorai, me contentant de pleurer. Pendant si longtemps, au point que la 16ème rue s'était éveillée avant que je me reprenne suffisamment pour me rendre à la patinoire, ma mère suppliant et implorant de venir chez elle pour parler davantage. Il ne restait plus de mots ni d'émotions en moi, alors je redressai mon scooter et partis, laissant mon casque sur les rhododendrons de Mme Patel. Qui s'en soucierait que je m'écrase contre une voiture, sans protection ? Pas Jonas. Pas ma mère. Pas Clay. Pas mon père, qui s'était fait tuer avant même que je sache parler. Et certainement pas Dieter.

Rainbow Skate apparut mystérieusement devant moi. Avais-je déjà traversé la ville ? Euh... J'avais pleuré et parcouru tout le trajet sans embrasser un poteau téléphonique ni le pare-chocs d'une Subaru, alors, tant mieux pour moi. Le premier arrêt une fois à l'intérieur de la patinoire déserte, fut une salle de bain. Je me dévisageai et je voulus pleurer encore une fois. Mes cheveux étaient ébouriffés par le vent et suite à mes ébats sexuels. Mes yeux étaient gonflés et rouges, mes joues montraient quelques rougeurs, et mon cou portait la trace d'un suçon violet, de la taille de mon pouce.

— Toi, mon pote, tu n'es qu'un désastre ambulant, murmurai-je.

J'ouvris le robinet d'eau froide, tapotai mes joues et mes cheveux, en vain. Sachant que cela nécessitait bien plus qu'une simple toilette au lavabo, je me rendis dans les douches et restai debout, immobile, sous l'eau chaude, aussi perdu qu'un homme puisse l'être, savonnant mes fesses et grimaçant au rappel d'avoir été aimé par un joueur de hockey au bord du gouffre. Je dus remettre mes vêtements sales. J'évitai le caleçon de la veille, le jetant à la poubelle. Je me dirigeai ensuite au bureau du responsable, m'assis à la place de Dan et fis semblant de travailler. Ledit travail consistant à regarder Dieter en boucle.

Que faisais-je, alors que je me permettais de retomber dans ce genre de relation ? J'éteignis les vidéos de Dieter Lehmann et laissai mes yeux se fermer. Il me restait encore quelques heures avant que les Railers et ces putains de caméras se montrent. Je suivrai la formation d'aujourd'hui, contacterai l'événement caritatif que j'avais manqué pour me jeter dans le lit de Dieter, puis je rentrerai chez moi et m'occuperai l'esprit en cousant. Ou je pourrais manger des pots de crème glacée tout en regardant *Potins de Femmes* et me vautrer dans la pitié et la honte. Ou je pourrais aussi me saouler. L'un ou l'autre me convenait.

Je ne dormais que depuis un petit moment quand un coup de tonnerre frappé à la porte ouverte me fit tressaillir et sortir de mon sommeil. Le cœur battant, je trouvai Stan remplissant le seuil du petit bureau de Dan.

— Nous travaillons moi bien.

Il croisa les bras sur sa poitrine après s'être baissé pour entrer dans la pièce. Je me frottai le visage. Il sentait le café et les beignets. Mon estomac gronda, cependant, il était totalement impossible que je le remplisse.

— Vous faim. Devez manger.

— Pas aujourd'hui. Au cours des deux dernières

semaines, j'ai fourré assez de nourriture dans mon corps, pour faire couler un vieux bateau gonflable.

Ses yeux gris s'étrécirent un peu, pas vraiment de colère, plutôt d'inquiétude.

— Je dois m'abstenir. M'en tenir à un régime liquide. Je vais bien.

Je retrouvai mon sourire « Trent, la superstar » et le collai à mes lèvres.

— Vous manger. Pas manger, c'est mauvais.

— Pas quand tu es une pomme de terre grasse comme je le suis.

Je tapotai mon ventre plat, avant de me relever lentement de la chaise qui craqua. Ou ces sons provenaient-ils de mon dos raide ?

— Laissez-moi boire un peu de café et nous irons...

— Non. Nous manger maintenant. Patin besoin nourriture. Mm-Mm, bon.

— De la soupe ? Nous prenons la soupe au petit-déjeuner ?

Il acquiesça, puis me saisit par le poignet et me conduisit à la rangée de distributeurs automatiques. Je jetai un coup d'œil à l'homme énorme. Stan sourit, puis agita une main de la taille d'un enjoliveur vers les machines.

— Manger soupe Mm-Mm. Boire lait. Faire énergie pour patinage. J'attends.

— *Bien !*

Je soupirai et injectai de l'argent dans ces fichus appareils.

Après avoir reçu la soupe et un carton de lait à deux pour cent, mon gourou de l'alimentation et moi retournâmes au bureau de Dan. Je me restaurai. Stan était assis en face de moi, ses cinq mètres repliés sur une chaise minable, discutant alors que je buvais mon riz au poulet. C'était plutôt bon.

— Je garder œil sur nourriture pour vous, comme Layton.

— D'accord.

Je portai une cuillérée de riz et de bouillon à ma bouche. Elle glissa dans ma gorge enflammée. Pleurer pendant des heures était dur pour une âme.

— Pensez-vous que je me comporte comme une chatte ?

— Quoi est chatte ?

Il essaya de s'adosser et de se mettre à l'aise, mais son corps était trop long et trop puissant pour trouver une position confortable sur ce siège.

— Oh ! Euh… c'est un mot pour désigner la région intime d'une femme.

— Ah, oui. Féminine fraîcheur.

Je m'étouffai avec ma gorgée de soupe.

— Si vous insistez. Je n'ai jamais été assez proche d'une région féminine pour déterminer si elle est fraîche ou non. Je préfère largement les garçons.

Stan sourit. C'était le genre de sourire qui creusait des sillons autour de ses jolis yeux et le faisait passer de M. Intimidant à M. Trognon.

— Tu aimes Dieter comme Tennant aime Jared. Je vois toi et lui faire des yeux Google. Est bon.

Grâce aux Dieux, ma petite tasse de soupe en polystyrène était vide. Elle glissa de mes doigts et atterrit sur mes genoux. Je fixai ouvertement le gardien de but.

— Non, non, non, dis-je, la repêchant entre mes jambes. L'amour n'a jamais été mentionné. Pas une seule fois. Ce n'était que du sexe. Du bon, oui, mais rien que du sexe. Je ne peux pas aimer un homme comme lui. Plus jamais. Ça fait trop mal. Mieux vaut partir maintenant, avant que nous ne soyons tous les deux trop impliqués.

Putain, où était passée cette cuillère de merde ?

— Jamais éloigner homme que tu aimes.

Mes yeux se relevèrent de ma recherche d'ustensile pour trouver les siens. Ils étaient beaux, grands et gris avec des cils sombres et des sourcils incroyablement expressifs. Et tristes. Si incroyablement tristes.

— Parfois, s'en aller est ce qu'il y a de mieux à faire.

Il secoua la tête.

— Est jamais mieux. Viens.

Il se releva.

— Allons travailler sur vitesse.

Je restai assis avec ma tasse *sans* cuillère et le regardai partir, ses larges épaules glissant à travers la porte, et pour réussir, il dut les incliner sur le côté.

Stan et moi passâmes une heure seuls sur la glace. Il progressait gentiment. Il n'aurait jamais la vitesse de joueurs plus petits, cependant, il était plus rapide sur ses patins maintenant. Sa taille était considérée comme un avantage, du moins c'était ce que l'on m'avait dit, dans la mesure où il remplissait plus de surface du filet, ce qui compliquait la tâche de l'autre équipe. C'était agréable de travailler avec lui. Il souriait la plupart du temps, essayait de raconter des blagues et finissait immanquablement par gâcher le gag et travaillait telle une bête pour mettre en œuvre tout ce que j'essayais de lui transmettre.

Puis les caméras arrivèrent. Et les gens du maquillage, le producteur et les preneurs de son. Stan hochait la tête et discutait. Je boudais et me faisais chier. Tellement, en fait, que mon agent fut appelé par le producteur de l'émission, un homme très rond, du nom de Kurt, qui était très gentil, j'en suis sûr, lorsqu'il n'était pas obnubilé par une région féminine bien particulière.

Gayle me trouva assis dans la rangée supérieure des sièges rouges, les mains glissées sous mes aisselles, mes patins reposant sur le dossier du fauteuil devant moi. Elle gravit les vingt rangées et se laissa tomber à côté de moi, ses mains gantées tenant deux grandes tasses d'une boisson brûlante.

— Du chocolat chaud, dit-elle, puis elle me tendit la plus grande des deux, bourrée de calories.

Je l'écartai de mon coude, lui lançant un regard acéré.

— Je jeûne pour le reste de la journée.

— Ah ! Eh bien ce n'est pas de la nourriture, c'est une boisson.

Elle souleva le bord de la tasse et me souffla un nuage fumant de cacao au visage.

— Peau de vache ! soufflai-je avant de lui prendre le verre.

Elle sourit et nous restâmes assis côte à côte quelques instants en sirotant. Les Railers et l'équipe de production étaient concentrés sur la glace. Je pris note du fait que Dieter n'était pas parmi les hommes vêtus de maillots bleu sombre et mon cœur se sentit encore plus abattu.

— Voudriez-vous me dire pourquoi vous refusez de passer à la caméra aujourd'hui ?

— J'ai des problèmes personnels, murmurai-je, le nez dans ma tasse.

— Quel genre ?

— Les personnels.

— Ce n'est pas judicieux, Trent, rétorqua-t-elle avec un soupçon de ton professoral dans la voix.

Je haussai un sourcil et pris une gorgée. C'était diablement doux.

— Vous savez que vous avez signé un contrat où vous devez accorder un certain nombre d'heures au tournage. Si vous commencez à vous retirer, ils vont devenir fous. Chéri, vous ne pouvez pas vous permettre un procès pour rupture de contrat.

— Laissez-les me poursuivre en justice. Je suis une personne vile qui dit des choses ignobles à des personnes qui luttent.

— Trent, vous n'êtes pas une personne immonde.

Elle semblait fatiguée.

Eh bien, telle était la vie de quiconque s'approchait de moi. Je lassais les gens. Il suffisait de demander à ma chorégraphe. Elle pourrait attester à quel point Trent Hanson était usant. Elle dansait probablement dans les rues actuellement, sachant qu'elle n'était plus obligée de me supporter.

— Vous êtes une personne merveilleuse, déclara Gayle.

— Pfft ! Vous auriez dû m'entendre vers cinq heures du matin. Vous changeriez d'avis à propos de mon statut « merveilleux ».

Je levai ma main droite de la tasse pour la poser sur ma gorge. Elle était encore froide.

— Trent, vous *devez* effectuer une performance aujourd'hui pour ces caméras. Je n'ai aucune idée de ce qui s'est passé en dehors de la glace, mais vous savez mieux que quiconque que les athlètes ne peuvent pas laisser ce qui se produit dans leur vie personnelle les affecter sur le terrain… ou sur la glace, selon le cas.

— Je ne suis plus un patineur…

— Dites ça aux enfants qui vous idolâtrent, répondit-elle doucement.

Une petite guimauve resta coincée dans ma gorge.

— Vous êtes une femme terriblement merdique pour me dire ça ! crachai-je.

Gayle tapota ma cuisse, puis se leva.

— Je veux juste…

— Que voulez-vous ?

Je cherchai parmi les joueurs de hockey et, quand mes yeux ne le trouvèrent pas, je sus ce que je voulais. Je n'étais simplement pas sûr d'avoir les tripes d'être avec lui.

— Je veux du courage.

— Je n'ai jamais vu un homme aussi brave que vous.

Elle me sourit, puis retourna sur la glace. Son bonnet tricoté à la main était atroce, bien que, d'une certaine manière c'était précisément ce qui le rendait mignon. Pas à la mode, non – loin de là – mais adorable. Dans le genre : une maman d'un gamin joueur de foot ».

Je restai assis là et bus mon chocolat chaud. Pendant tout ce temps, je pensais à Jonas et à Dieter, à ma mère et à Clay, à ma grand-mère, à cette patinoire et à ces caméras, aux hommes sur la glace et aux enfants de mes cours. Mes enfants. Ils avaient besoin de moi pour y arriver. Ma mère et *Lola* avaient besoin que je m'en sorte. Dieter avait besoin de moi pour surmonter son addiction. J'avais besoin de le faire pour *moi*.

— Très bien, le chocolat m'a permis de me sentir

mieux ! Faisons de la téléréalité ! criai-je, le sourire aux lèvres.

J'espérais que le maquilleur possédait de bonnes bases. Mon visage et mon cou étaient aussi dévastés que ma vie. Au moins, je ne m'enfuyais pas et n'évitais pas Dieter. Stan en serait ravi.

DIX

Dieter

Si quelqu'un me cherchait vraiment, il pourrait remarquer que je me trouvais là. À trois rangées du haut, à l'abri derrière les fauteuils rouge sang, observant les hommes évoluer sur la glace. Les regardant et souhaitant être là-bas, avec eux.

J'avais manqué trois séances à présent, mais rien de tout cela n'était obligatoire, personne n'était derrière mon cul, à exiger que j'y assiste. Pourtant, je voulais tellement en apprendre davantage. Cela me manquait, parce que tous ceux qui avaient suivi les conseils de Trent étaient plus rapides, plus concentrés et qu'à présent, moi, je restais bloqué.

Pas seulement à cause de la merde qui découlait des médicaments, non, car j'étais là pour connaître mes résultats médicaux concernant mon genou et que je savais que ce ne serait pas bon. La seule chose qui m'avait permis de tenir sur la glace avait été les analgésiques et regardez où cela m'avait conduit.

J'allais perdre ma dernière chance d'obtenir une place

dans la LNH, les Railers me détailleraient de la tête aux pieds, jetteraient un coup d'œil à mon genou, auraient vent de mes stupides addictions, et je serais viré.

C'était une équipe progressiste, axée sur l'inclusion, l'équité et tout un tas d'autres choses dans le monde du hockey, cependant, même elle ne pourrait pas conserver indéfiniment dans ses rangs un patineur qui ne pouvait plus jouer.

Sur la glace, les gars travaillaient à nouveau sur les glissades, et même de là où je me situais, je pouvais remarquer leurs progressions. Stan se tenait à l'écart, en train de parler à Trent, et ma poitrine se serra lorsqu'il souleva un Trent frétillant et le maintint en l'air, dans une parodie d'ascenseur. Il le reposa rapidement, pour autant, le mal était fait. J'avais vu Trent rire, apprécier son temps avec tout le groupe.

Et je n'étais pas parmi eux.

Le travail de Trent pourrait nous procurer un avantage en tant qu'équipe, cette infime différence qui nous pousserait à franchir une étape supplémentaire pour atteindre les séries éliminatoires.

Nous ? Il n'y aurait pas de *nous*. Je redeviendrai un simple remplaçant blessé, ou pire encore.

La séance se termina et je me glissai le plus bas possible sur ma chaise, enfonçant ma casquette sur la tête afin qu'elle dissimule mon visage, me cachai dans l'ombre où personne ne penserait à regarder. Cette patinoire n'était pas l'East River Arena, et elle ne contenait qu'une trentaine de rangées de sièges, je me pensais donc bien dissimulé pour être pratiquement invisible.

Lorsque la patinoire fut vide, je quittai mon siège et me

dirigeai vers la sortie du parking avant que quiconque ne me remarque.

— Je t'ai vu, lança Trent derrière moi.

Je me tournai vers lui, avec précaution parce que je me sentais mal et que mon genou me faisait souffrir. Aujourd'hui, je connaîtrais le diagnostic et cela serait fini pour moi.

— Hey, répondis-je, c'était tout ce que je me sentais capable de gérer.

Trent avait l'air fatigué, bien qu'en pleine forme. Ses yeux étaient maculés de khôl, ses cheveux astucieusement ébouriffés, ses mèches striées de vert jade sous cette lumière. Il était tout en noir, son fameux col diamanté autour du cou, et il avait l'air si beau.

Dire que j'avais merdé… tout jeté par la fenêtre.

— Tu aurais dû descendre sur la glace avec nous, déclara Trent alors que je restais là, le regard vide.

— Je dois retourner à Harrisburg aujourd'hui. J'ai…

Je désignai mon genou, puis ma tête, comme si cela expliquait tout. Je ne m'attendais pas à ce qu'il comprenne.

— Je suis désolé, lâchai-je, sans expliquer ce pour quoi exactement je m'excusais.

Il me sourit – pas un franc sourire, puisqu'il semblait plus triste qu'heureux, il s'agissait tout de même d'un beau sourire, et brusquement je ressentis le besoin urgent de le toucher. Je m'avançai dans son espace et pris son visage entre mes mains, inclinant sa tête vers la mienne.

— Je suis tellement désolé, répétai-je.

— Je sais que tu l'es, murmura-t-il.

Il n'y avait aucune trace de son insolence habituelle, ni de feu dans ses yeux. Tout ce que je discernai était de la peine. Je me penchai et déposai un baiser sur ses lèvres. Rien qu'un, puis m'éloignai sans me retourner.

Il sera peut-être encore là pour moi quand j'en aurai fini avec ce qui me restait à faire.

À moins qu'il coupe carrément les ponts.

J'avais uniquement besoin d'espoir, car d'une certaine manière, en peu de temps, Trent était devenu le centre du monde pour moi.

De mon tout.

L'alarme de mon téléphone vibra pour m'inciter à me lever tôt afin d'attraper l'avion qui devait me ramener à Harrisburg. Le vol en lui-même fut de courte durée, le trajet en taxi de l'aéroport à l'Aréna encore plus, ne me permettant pas de retrouver une certaine sérénité.

Le chagrin me coupa le souffle lorsque j'entrai dans l'East River Arena, sous les bannières dévoilant des photos de l'équipe. Je repérai les numéros et des clichés de Connor, Stan, Ten, Arvy, rien encore me concernant.

Je présumai qu'il n'y en aurait jamais. La boutique vendait des maillots avec mon numéro et mon nom marqués dans le dos, toutefois, je doutais que quelqu'un en achète un.

Étrangement, je me demandai combien ils en avaient exposé pour mes fans et je ne pus retenir le grognement de dérision, à condition même qu'il me reste des fans.

Bon sang, j'ai le moral à zéro aujourd'hui.

Je me glissai dans l'une des nombreuses petites pièces du couloir principal et m'accordai un moment pour apaiser mes pensées. Je ne pouvais pas me rendre à cette réunion avec le sentiment que tout était joué d'avance. Je devais trouver une sorte de courage au plus profond de moi et l'agrémenter d'espoir. Pour cela, il me fallut un certain temps pour reprendre ma respiration, et me vider la tête de toutes mes idées négatives. Puis, une fois prêt, du moins autant que je pouvais l'être, je sortis de l'ombre pour traverser un couloir très éclairé.

Quand je frappai à la porte du médecin, j'étais pile à l'heure et j'entendis le bourru « Entrez ». Il se leva lorsque je pénétrais dans la pièce, tendant la main et débitant des paroles très techniques au niveau médical. Je ne comprenais pas grand-chose, parce que je détaillais son visage, jaugeais son expression, essayant de remarquer les changements microscopiques qui pourraient indiquer à quel point ce qu'il avait à me révéler pouvait être mauvais. Je souhaitais qu'il m'assène les nouvelles en mots d'une seule syllabe, sans explications compliquées. Était-ce fini pour moi ? Quel était mon problème ? Le masseur et la rééducation pouvaient-ils en venir à bout ?

— Comment ça va ? demanda Doc, et je le dévisageai, interrogatif, légèrement hébété.

— Je vais bien, répondis-je aussitôt.

Si le Doc avait su ce que je voulais réellement lui balancer, il n'aurait pas eu d'autre solution que de devoir m'orienter vers un groupe de gestion de la colère et consulter un conseiller, tout, en même temps.

Il me montra les radios installées sur les panneaux rétroéclairés, et m'encouragea à m'approcher. Ensuite, il commença à parler utilisant des mots incompréhensibles pour moi. Il décrivit ce qui n'allait pas chez moi et je me le tus alors qu'il expliquait. Ostéochondrose sporadique disséquant. Raison pour laquelle mon articulation du genou craquait et gonflait, me faisant souffrir. Ce long nom signifiait aussi que j'avais besoin d'une intervention chirurgicale.

— Cela a probablement été causé par votre blessure initiale, bien que cela puisse aussi être dû à l'utilisation répétée de l'articulation.

Un usage répétitif ? Les joueurs de hockey – bordel, tous les sportifs professionnels – savaient ce que sous-entendait un usage répétitif. C'était ainsi que nous formions la mémoire musculaire de notre corps.

Il pointa la radiographie et je jetai un œil à ce qu'il essayait de me montrer.

— Le genou est une articulation synoviale où trois os s'articulent l'un avec l'autre – le fémur, le tibia et la rotule – et possède deux articulations.

J'avais dû le regarder les yeux vides, car il fronça les sourcils et recommença son explication. Cette fois, je hochai la tête pour lui confirmer que j'avais saisi. Bien sûr que j'avais compris ! Je connaissais intimement mon genou, chaque muscle, tendon et os, quand j'appuyais et malaxais pour que la douleur disparaisse.

Il continua, et j'essayai de donner l'impression que j'avais tout assimilé afin qu'il ne se répète pas. Je ne voulais pas entendre un cours magistral, juste le diagnostic final.

— Les os articulaires sont recouverts de cartilage blanc, brillant et élastique, et de la surface articulaire lisse du fémur, ici…

Il tapota la radio avec un stylo.

— Cela roule et glisse sur le plateau du tibia, avec le liquide synovial qui nourrit et lubrifie le cartilage.

— Et ?

S'il vous plaît, allez droit au but. Ma tête me fait mal, mon estomac est noué et je dois sortir d'ici pour me rendre à ma prochaine réunion – l'importante, celle où j'annonce à la direction que le patineur qu'ils ont engagé s'avère complètement foireux.

— Chez les patients atteints d'ostéochondrose disséquante, l'os sous-chondral avec son cartilage articulaire n'est plus alimenté en sang et dégénère. Heureusement, vous en êtes au troisième stade, avec des lésions partiellement détachées, ce que nous appelons une dissection « in situ ».

— J'ai de la chance. Cela veut-il dire qu'avec un peu de repos et de rééducation, je serai apte à jouer ?

Doc me regarda droit dans les yeux. C'était un expert réputé dans l'équipe pour dire la vérité aux joueurs.

— Non, Dieter, je suis désolé. Vous aurez besoin d'une opération. Nous chercherons à réparer l'apport sanguin en pratiquant une arthroscopie pour visualiser le cartilage et le site de l'ostéochondrose dans les os sains. Puis, nous stabiliserons le fragment par un épinglage ou un vissage. Écoutez, je sais que cela fait beaucoup à accepter, cependant, l'intervention en elle-même est simple et il vous faudra six à dix semaines de récupération et de rééducation avant d'être de retour sur la glace.

Je fis un rapide calcul dans ma tête. Six semaines, cela nous amenait au début de la saison. Dix semaines, cela signifiait que j'allais rater des matchs, et me retrouver sur le banc de touche. Les Railers m'avaient retiré de l'équipe des remplaçants pour occuper un poste permanent sur la glace, pas pour rester assis dans la loge du propriétaire à regarder les matchs.

J'étais baisé.

— Et si je ne me fais pas opérer ?

Doc ne réagit pas comme le ferait un médecin normal. Il n'eut pas l'air choqué ni inquiet – bon sang, il s'occupait de patineurs qui exigeaient de jouer, même avec des jambes cassées ou des arcades sourcilières brisées. Il était habitué à l'idiotie et à la bravade des hockeyeurs.

— C'est votre choix, bien sûr, commença-t-il avec précaution, mais mon rapport à la direction mentionnera que je vous ai conseillé cette intervention chirurgicale, ce qui constitue le fondement de votre inscription sur la liste des joueurs. Ils insisteront pour que vous vous y soumettiez, car vous ne leur seriez d'aucune utilité sinon.

Il se radoucit quelque peu maintenant qu'il m'avait clairement énoncé ce que la direction voudrait que je fasse.

— Aussi, Dieter, quant à la douleur que vous devez éprouver à certains moments... nous devons tout faire pour remédier à cette partie, d'accord ?

Je hochai la tête, car il devait s'attendre à ce que je comprenne à demi-mot.

— Nous pouvons vous accueillir à l'hôpital dès demain. Vous seriez de retour et reposé dans quelques jours, et parfaitement opérationnel d'ici quelques semaines. Dois-je prévoir la date opératoire ?

Il me posait la question, attendait une réponse alors que j'étais incapable de parler, de sortir un seul mot. Je n'étais plus qu'une coquille vide.

Je hochai donc la tête, ma poitrine me faisait mal et je me sentais malade. Les murs du bureau du médecin se refermaient sur moi.

Il appuya une main sur mon épaule.

— Passons à la réunion avec la direction, voulez-vous ?

Je le suivis hors du bureau jusqu'à l'ascenseur qui nous conduirait aux quatre étages de la zone administrative de l'équipe, où la direction se mêlait au marketing et où la décision serait prise d'annuler mon contrat. Une fois qu'ils découvriraient pour les opiacés et ma dépendance...

Je serais fini.

Tout le monde était présent. Félix Cote, le propriétaire, Dawson Brown, le gérant, le représentant des joueurs, Anatoly « Toly » Sokolov, un vétéran de dix ans qui avait travaillé dur pour l'équipe, et l'entraîneur Benning. Connor Hurleigh, capitaine des Railers, était là également. Je pensais qu'il se trouvait à Philly avec Trent et les autres, mais à bien y réfléchir, je ne l'avais pas vu sur la glace ce matin. Il m'adressa un sourire et se leva pour me cogner le poing. J'appréciai Connor. C'était un type bien, un excellent joueur... bon sang, il était génial, tout simplement.

J'étais prêt à parier qu'il n'avait jamais pris de Percocet pour tenter de planer.

Doc s'installa dans l'un des canapés et les autres l'imitèrent, alors je pris un siège et attendis la fameuse phrase.

— Ce que nous proposons, c'est que vous soyez potentiellement mis sur la liste des blessés pour le début de la saison, dans le but de vous remettre sur la glace en novembre – du moins, si nous avons bien compris ce que Doc a expliqué, indiqua Cote, allant droit au but, sans parler de la blessure ni demander comment elle avait pu se produire.

Il se fichait pas mal du comment, juste de ce qu'il fallait faire pour que je reprenne ma place dans le groupe.

— Vous voyagerez avec l'équipe et nous indiquerons à

la presse que vous souffrez d'une blessure de la partie inférieure du corps. Qu'en pensez-vous ?

Pour un homme normal qui avait le genou foutu, qui ne luttait pas contre une dépendance, c'était inestimable, et constituait un plan solide.

Doc discutait avec l'entraîneur, Connor se penchait pour écouter les projets concernant ma rééducation et mes soins. Soudain, ce fut comme si je n'étais même plus présent dans ce bureau. Je n'étais qu'un pion qu'ils bougeaient, avec des plans déjà bien arrêtés en vue de me soigner, afin de me permettre de jouer à nouveau en novembre.

— J'ai quelque chose à dire, annonçai-je, mais personne ne s'arrêta de parler. S'il vous plaît, haussant le ton.

Ils me regardèrent l'un après l'autre.

— J'ai quelque chose à dire.

Je fixai Connor et Toly. Ils étaient probablement les seuls dans cette salle qui pourraient réellement comprendre la dépendance d'un joueur ou le besoin de trouver un soulagement pour une douleur qui devenait de plus en plus forte. Ils l'avaient déjà constaté à tant de niveaux.

— Je suis un toxicomane, commençai-je avant de déglutir, la bouche sèche. Je suis accro aux opiacés, et même si j'ai réussi à reprendre le contrôle auparavant – assistant à des sessions, trouvant un sponsor – je n'ai informé personne de l'équipe ni à mon agent.

Je mentais à ce sujet, car même s'il m'avait abandonné, Bob était un type bien et je n'allais pas le jeter volontairement sous les roues du bus.

— J'ai rechuté quand la douleur est devenue trop

insupportable après les séries éliminatoires et j'ai besoin d'aide."

Voilà. J'avais avoué. Je n'étais pas obligé d'ajouter que je comprendrais s'ils voulaient que je quitte les Railers, cela paraissait évident. Il y avait des équipes de la ECHL qui seraient heureuses de me voir jouer malgré mes conneries, ainsi, je n'aurais pas à renoncer à tout.

Je ne serais tout simplement plus ici, avec les Railers.

— Ahh, fit Cote.

Il s'assit à son bureau, posant ses mains sur son ventre replet, gracieuseté due à trop d'évènements sociaux au nom des Railers, j'imagine.

Il n'était pas un ancien patineur, juste un type avec de l'argent et qui aimait le hockey. Il ne pouvait pas savoir ce que c'était que de se traîner sur la glace avec une blessure.

— Toly ? demanda Connor à notre coéquipier, le représentant des joueurs, celui qui était chargé de veiller sur moi.

Je l'avais dupé lui aussi, ce n'était pas comme si je lui avais révélé ce qui se passait. Le seul à qui je m'étais adressé était Layton.

J'aurais dû en parler à plus de gens.

Toly me fixait toujours de manière empathique. Il n'avait pas l'air énervé, sous prétexte que c'était la première fois qu'il en entendait parler, pas plus que Connor. Un élan de gratitude me fit tourner la tête et j'avais dû faire quelque chose de bien dans une vie antérieure pour ne pas me prendre un coup poing en pleine face de la part de l'un ou l'autre d'entre eux.

— C'est la première fois que j'entends ça, indiqua Toly, son accent russe était sexy, bien que faible. Je vais travailler avec Dieter.

— Moi aussi, intervint Connor.

Je réalisai soudain à quel point j'étais sérieusement reconnaissant d'avoir Connor comme capitaine.

C'était le genre d'homme calme et juste, qui ne possédait pas une once de méchanceté en lui.

— Je suis préoccupé par l'impact que cela pourrait avoir sur l'équipe, mais pour l'instant, allons-y pas à pas.

Cote acquiesça.

— Nous allons mettre Layton sur le sujet, annonça-t-il.

Pauvre Layton, il devait gérer toutes les merdes des Railers.

— Bien, dit finalement Cote, vous établirez un contact avec le programme de traitement de la toxicomanie. Vous gérerez ce problème parallèlement à la rééducation. Ce ne sera pas facile, toutefois, j'ai déjà vu des joueurs s'en sortir. Je ne dirais pas que je suis heureux de la situation, néanmoins, vous avez le soutien des Railers pour vous ramener sur la glace où nous voulons tous vous voir.

Il se pencha en avant et s'adressa directement à moi.

— Vous appartenez à cette équipe, Dieter, toutefois, ne vous y trompez pas – si vous ne pouvez pas résoudre cet obstacle, nous devrons élaborer un plan B.

— Je comprends.

Je regardais encore Connor, parce que, bordel, le joueur en moi avait besoin d'être rassuré et de recevoir l'approbation de son capitaine. Il n'avait toujours pas l'air énervé, de même, il ne semblait pas prêt à jeter ses bras autour de moi, pour une étreinte fraternelle non plus.

Il n'était pas choqué. Je pouvais m'en accommoder.

Il hocha la tête.

— Nous surmonterons cela ensemble, confirma-t-il.

Il ne voulait pas dire qu'il me tiendrait la main pendant

la thérapie et l'opération, juste qu'il veillerait sur mes arrières.

Et maintenant, j'avais envie de pleurer.

Cote se racla la gorge.

— Nous ferons un communiqué de presse à propos de votre problème au genou, déclarant que vous serez absent pour le début de la saison. Doc pourra vous faire part de vos progrès et vous vous inscrirez, avec notre soutien, au programme de traitement de la toxicomanie et obtiendrez un conseiller SAP (*NDT : Substance Abuse Professional*) clair et cohérent.

Mon estomac se comprima. Je m'attendais à ça : ils investissaient sur moi, et ils savaient que le SAP constituait ma meilleure chance de pouvoir me reprendre en main.

— Vous établirez volontairement un contact, suivrez vos séances de rééducation, les réunions concernant votre dépendance, et nous nous reverrons...

Il jeta un coup d'œil à l'agenda posé sur ses genoux.

— ... à la mi-septembre.

Il n'y avait rien que je puisse ajouter. Ils avaient raison. Si je voulais rester au sein de la LNH, je devais faire ce que l'on me disait, de plus, ils ne m'avaient pas ôté toute chance d'être un Railer.

Je devais simplement leur prouver qu'ils avaient raison de ne pas m'abandonner.

Alors que j'étais assis là, effrayé à mort, avec le sombre présage de la douleur et de la réhabilitation qui se dressaient devant moi, je souhaitais juste deux choses :

Je voulais avaler un Percocet et m'enfuir.

Et que Trent veuille toujours de moi, même si j'étais foutu.

De retour à mon appartement, j'écrivis un long texte à Trent, lui faisant part de mes pensées, de mes espoirs, du fait que je voulais qu'il me parle, qu'il soit là pour moi et à quel point je regrettais d'avoir tout gâché.

Puis, j'effaçai tout et envoyai seulement deux mots.

C'est fait.

ONZE

Trent

—————

— Il m'a envoyé un texto disant « C'est fait ». Juste ça. Juste ces deux mots. Putain, qu'est-ce que ça veut dire ? Est-il en cure de désintoxication ? À l'hôpital ? Ces joueurs de hockey… soufflais-je et adressai un regard perçant au plafond de ma patinoire, tout en continuant de parler. J'ai donc appelé Adler Lockhart, qui m'a appris qu'il devait subir une opération. Ce qui est bien, il doit s'occuper de son genou, mais qu'en est-il de la douleur après ? Il avait l'air clean, lorsqu'il était ici hier, pourtant… eh bien, oui, *justement*… Et maintenant, je suis encore plus perdu et confus parce que chaque fibre de mon être me hurle de retourner à Harrisburg afin d'aller le voir, tu vois ?

La figurine à tête branlante de Tennant Rowe, que Layton et les Railers m'avaient offerte, tressauta. Merveilleux. *Tellement* utile. Je devrais la remettre dans sa boîte.

— À ton avis, dois-je le faire ?

Je soulevai la minuscule poupée de résine de mes

genoux et la secouai. Elle se contenta de hocher la tête, comme tout bon bobblehead devrait le faire. Je soupirai et la posai sur le siège froid en plastique, juste à côté du chèque que j'avais également reçu à la réunion des Railers. Les joueurs qui avaient participé à cette débâcle de séance d'entraînement/téléréalité m'avaient remis une somme de dix mille dollars pour la patinoire. Le véritable Tennant Rowe avait essayé de glisser le chèque dans ma main, à peine deux heures plus tôt, avant qu'ils retournent à leurs vies pour le reste de l'été.

— Ce que vous faites ici est important, avait-il dit, alors que j'essayais avec grâce de ne pas accepter leur argent.

— Montrer à une troupe d'orangs-outans comment gagner quelques millisecondes sur leurs temps ?

L'équipe rassemblée autour de moi s'était mise à rire doucement.

— Non, ce que vous faites avec les enfants. Leur procurer un refuge, un endroit pour s'entraîner sans être jugé ou détesté. C'est *ça* qui est important.

Il avait plaqué le morceau de papier contre ma poitrine. Et l'y avait maintenu, juste au-dessus de mon cœur palpitant. Comment avais-je pu m'attacher à ce groupe de singes aussi rapidement ? Ils m'avaient certainement prouvé que tous les joueurs de hockey n'étaient pas que des crétins encombrants, résolus à humilier le petit patineur artistique avec de l'eye-liner et un gloss parfaitement appliqués. Imaginez ça. De quoi en remontrer aux gens, laisser une chance à tout le monde et ne pas chercher à juger les expériences passées. Quels concepts novateurs !

— Et pour nous avoir permis à tous de manger de la nourriture pilipino, avait ajouté Arvy.

— Bonne Philippine nourriture, s'était enthousiasmé Stan.

Une autre tournée de rires.

— Dans ce cas, je suis heureux de l'accepter au nom des enfants. Merci.

J'avais étreint Rowe et Jared, puis avais parcouru la file d'attente, leur accordant à chacun un câlin et un doux baiser sur les lèvres. Rien de sexuel, juste un baiser amical. Les sexuels étaient réservés au Railer qui n'était pas là.

— Maintenant, ramenez vos beaux petits culs à Harrisburg ou à n'importe quel endroit où les joueurs de hockey vont quand il n'y a pas de match.

— À la maison, avait déclaré Layton, prenant un moment pour me serrer la main, et me donner la figurine.

— Nous rentrons tous chez nous. S'il vous plaît, si vous venez dans la capitale, appelez-nous et venez assister à un match. Je m'assurerai que des tickets soient mis à votre disposition aux guichets.

— Oh, oui bien sûr. Si je passe un jour à Harrisburg, je le ferai.

— Et merci d'avoir gardé notre secret, avait murmuré Adler à mon oreille.

J'avais écarté son remerciement d'un revers de la main.

Puis, ils étaient partis. Et Rainbow Skate m'avait paru soudain tellement plus grand et bien trop calme. Je m'étais installé au bord de la glace et avais eu une longue conversation avec l'ersatz de *Tennant Rowe*. Ce qui ne m'avait conduit nulle part. Dans ma tête, c'était toujours un véritable bourbier de peur, de doute et de colère. Je n'avais pas encore parlé à ma mère. J'étais trop blessé pour prendre ses appels. J'avais à peine dormi la nuit dernière, me retournant sans cesse, cherchant des messages de Dieter. Je ressemblais à un tas informe alors que je devais sortir en ville avec ce misérable caméraman ce soir.

Ils souhaitaient que je navigue dans les clubs du Gayborhood, un quartier charmant et festif de la ville, connu pour sa fabulosité et son style de vie gay riche, ses magasins et ses discothèques. Ils voulaient que je flirte, rigole, taquine, saupoudre le monde de paillettes, de lumière et d'homosexualité. Soyez Trent Hanson. Mais Trent Hanson n'éprouvait aucune envie d'aller dans les clubs et briller pour les caméras ou les hommes qui allaient le voir. Il voulait juste qu'on le laisse seul pour comprendre ce qu'il allait faire désormais de sa vie. Et surtout, pourquoi il semblait irrémédiablement attiré par les hommes qui vivaient dans le chaos.

— Penses-tu que j'aie également besoin de conseils ? demandai-je au *Tennant* de résine.

Sa tête vacilla.

— Est-ce un oui ou un non ? Tu dois te montrer plus ferme dans tes décisions. Cette belle apparence ne te mènera pas très loin, tu sais.

— Trent ?

Je sursautai violemment, laissant tomber Tennant sur le ciment froid. À ma droite immédiate se trouvaient Pearl Denning et Scotty, mon élève courageuse et brillante, la seule enfant ouvertement trans dans mes rangs. Scotty détenait une grande partie de mon cœur.

Je jetai un coup d'œil à la montre prise entre plusieurs bracelets, accrochée à mon poignet.

— Vous arrivez tôt, dis-je, mettant rapidement en place

mon personnage professionnel de Trent. Notre session privée ne commence pas avant dix heures.

Le visage de Mme Denning était crispé et empli de tristesse. Scotty, qui souriait toujours, se cachait sous son sweat à capuche, un parmi la centaine qu'elle possédait et qui arborait des petits Terriers écossais. Il semble que tout ce qu'elle porte contenait de minuscules chiens noirs. Cela lui ressemblait tellement.

— Il y a eu un incident à l'école et Scotty voulait venir tôt pour en discuter. Elle ne parlera à personne d'autre.

— Bien, alors, pourquoi ne pas nous asseoir ici et bavarder ?

Je tapotai le siège à ma droite.

Mme Denning avait l'air d'être sur le point de pleurer. Elle murmura :

— Merci, puis elle déposa un baiser sur le capuchon rouge de son enfant.

Elle nous laissa discuter. Scotty était assise sur le bord de son siège, ses patins blancs se balançant sur une épaule maigre, ses longs cheveux noirs s'échappant de sa cagoule.

— Mauvaise journée à l'école ? demandai-je après quelques instants de silence inconfortable.

Scotty hocha la tête.

— Quelqu'un s'est-il moqué de toi parce que tu t'habilles comme une fille ?

Elle acquiesça.

— Ça fait mal, n'est-ce pas ?

Nouveau signe de tête.

Je me tortillai jusqu'au bord de mon siège et croisai une jambe par-dessus l'autre. Je me penchai plus en avant pour regarder sous sa sombre capuche.

— Savais-tu que je cousais tous mes costumes ?

Scotty hocha la tête, ses yeux marron foncé passant de moi à la glace avant de revenir sur moi.

— Quand j'avais à peu près ton âge, ou peut-être un peu plus vieux, je me suis inscrit au cours d'économie domestique en tant que volontaire, car j'étais désespéré de mettre la main sur ces machines à coudre. Celle que j'avais chez moi était vieille, et cachée dans le sous-sol parce que… enfin, juste parce que… restons-en là.

Ce n'était pas le moment de lui révéler à quel point Clay détestait tout ce qui était gay. Enfin, mis à part l'argent gagné par un homme gay. Ça, il avait apprécié.

— Quoi qu'il en soit, j'étais le seul garçon à ce cours, « science domestique » comme ils l'appellent maintenant. Tous les autres garçons se sont précipités sur celui en rapport avec le bois.

— As-tu été ennuyé quand tu t'es retrouvé dans la classe des filles ? demanda Scotty.

— Impitoyablement. Et les noms dont ils m'ont affublé... ils étaient terribles.

— Brian Rothcote m'a traitée de monstre et m'a donné un coup de pied dans les parties.

— Oh, bébé, je suis *tellement* désolé.

— Il a dit que j'avais des couilles, pas une chatte, et que je ferais mieux de commencer à agir comme un garçon.

— Mon Dieu ! Quel âge a ce Neandertal ?

Scotty me regarda.

— Il a onze ans.

— Où un enfant aussi jeune peut-il apprendre des mots aussi méchants ?

J'étais abasourdi, malade de tristesse et très énervé.

— J'espère qu'il a eu des ennuis.

— Internet, soupira Scotty. Il a été suspendu. Je ne veux pas retourner à l'école. Maman a déclaré que je pouvais m'absenter aujourd'hui, mais que je devais y retourner demain. Brian sera de retour vendredi.

Elle repoussa un peu sa capuche et me fixa, jusque dans mon âme.

— Devrais-je désormais porter un pantalon au lieu d'une jupe ? Qu'as-tu fait quand les garçons t'ont battu pour avoir cousu ?

— J'ai ajouté plus de paillettes à ma chemise, dis-je.

Et c'était la vérité.

— Cette chemise était tellement brillante que le professeur a eu besoin de lunettes de soleil pour la noter. Ce qu'elle a fait. Un A +, merci beaucoup.

Je frottai mes ongles peints sur mon gilet vert vif. Scotty rigola un peu.

— Petite fille, ne laisse pas la peur ternir ton dynamisme. Il y aura toujours des gens jaloux parce que tu es fabuleuse. Ils diront des choses horribles et te donneront des coups de pied. Ils essaieront même de te frapper. Pourtant, tu continueras toujours à mettre des jupes, des bottes et des sacs à dos avec ces adorables chiens, car c'est qui tu es.

Je tapotai le bout de son nez.

Elle se leva d'un bond et passa ses bras autour de mon cou, m'étreignant si fort que j'eus du mal à reprendre mon souffle. Je la serrai contre moi. Elle sentait la vanille.

— Je t'aime, Trent. Tu es si courageux.

Courageux ? Loin de là. Mon esprit évoqua une image de Dieter. Ça, c'était de la bravoure. Et du courage. Et des baisers passionnés et des grognements de rire. Comment avais-je pu tomber amoureux aussi profondément et aussi vite ? Et que devais-je faire à ce sujet ?

Les yeux de sa mère croisèrent les miens. Elle pleurait dans ses mitaines. À mon tour, je sanglotais aussi. *Merveilleux. Super pour mon eye-liner.* Je m'éloignai un peu de l'étreinte.

— Allons, mettons-nous au travail sur tes axels. As-tu apporté cette précieuse tenue rouge avec la jupe rubis ?

Elle acquiesça puis s'enfuit dans les vestiaires des filles. Mme Denning appuya deux doigts sur ses lèvres, m'adressa un baiser, puis monta dans les gradins pour nous regarder évoluer sur la glace.

D'accord, oui, maintenant j'étais heureux d'avoir pris ce chèque des joueurs de hockey. C'était un bon endroit et les enfants avaient besoin de cette patinoire et de moi. J'allais devoir leur envoyer une note de remerciements. Et peut-être demander où je pourrais trouver un certain broyeur qui était passé sous un bistouri.

Je me trouvais à l'hôpital quand Dieter se réveilla le lendemain matin. Assis dans cette chambre encombrée, un sac de chocolats sur les genoux, suite à mon arrêt rapide chez Hershey. Oui, j'avais mangé une friandise en chemin. Deux heures au volant d'une voiture de location m'avaient rendu nerveux. Ne me jugez pas.

Sa première réaction fut lente, car il luttait toujours contre la torpeur due à l'anesthésie. Ensuite ses yeux s'éclairèrent. Et oui, je voulais bien dire qu'ils étaient clairs. Pas dilatés comme s'ils étaient sous l'effet de stupéfiants.

— Trent.

Sa voix était rauque de sommeil et de douleur, bien que douce. Je souris à Dieter.

— Bonjour.

Il essaya de s'asseoir. Je me précipitai pour l'aider. Il sembla apprécier mon agitation autour de lui, telle une infirmière, arrangeant les oreillers derrière lui.

— Veux-tu que j'appelle un soignant ?

— Non, je suis content de te voir ici à sa place. Celui qui s'occupe de moi a un nez étrange. Ça me fait flipper.

— D'accord.

Je m'assis, puis déposai le sac de bonbons appelés « baiser » à côté de lui.

— Ils sont pour toi parce que je ne peux pas t'en donner de vrais.

— Pourquoi pas ?

Il tâtonna le sac reposant sur sa hanche, puis le souleva pour l'inspecter.

— Parce que tu viens de sortir de la salle d'opération et...

— C'était hier.

— Oh ! Eh bien, encore une fois, tu viens de te faire opérer.

Je tendis la main pour aplanir les plis du drap blanc.

— Ils ne m'ont pas coupé les lèvres.

Mon regard passa de la literie à sa bouche pulpeuse.

— Non, cependant, nous avons besoin de temps, pas de nous embrasser afin de comprendre où nous allons dans la vie.

— Je rentre chez moi, ensuite je partirai en cure de désintoxication. Tu es beau aujourd'hui. Décontracté. Aucune mèche de couleur dans tes cheveux, juste du gloss sur tes lèvres et tes yeux soulignés. S'il te plaît, n'arrête pas de faire ça. J'aime quand tu es maquillé.

Il était assis, tenant son sac de bonbons, me regardant comme si j'étais plus sucré que le chocolat qui se trouvait entre ses mains. Je ressentis une soudaine vague de chaleur à être dévisagé ainsi, j'éprouvai même le sentiment d'être spécial.

— Je suis venu simplement venu faire une petite visite à un ami, indiquai-je, montrant mon jean élégant et mon tee-shirt gris marqué *#Filipino*.

En vérité, je m'étais contenté d'attraper les premiers vêtements qui m'étaient tombés sous la main, après avoir envoyé un texto à Layton pour savoir dans quel hôpital se trouvait Dieter.

— Alors, nous sommes juste des amis ?

Il avait l'air un peu pâle sous le soleil matinal qui remplissait la pièce. L'odeur d'hôpital était désagréable. J'aurais peut-être dû apporter des fleurs au lieu de bonbons.

— Je pense que nous avons dépassé le stade des amis.

— Moi aussi.

Il remua un peu, grimaça, puis déchira le sac en l'ouvrant. De petites gouttelettes de chocolat enveloppées dans du papier aluminium se répandirent sur lui et le lit, quelques-unes atterrissant sur le sol.

— Attrape un baiser.

Je le fis et le déballai lentement. Puis je le posai sur ma langue, jusqu'à ce qu'il fonde. Dieter m'observait attentivement alors qu'il mâchait. Nous eûmes bientôt un tas de petites boules d'aluminium et de rubans de papier collés sur son lit.

— Je suis tellement content que tu fasses ça, finis-je

par dire. Il faut du courage pour affronter tes peurs et aller droit au but.

— Ils m'ont accordé une chance… les Railers.

Il me lança un autre bonbon. J'aurais aimé pouvoir goûter à sa bouche. J'étais prêt à parier que la combinaison du chocolat et de Dieter m'obligerait à recroqueviller mes petits orteils.

— Je ne veux pas foirer cette opportunité. Le hockey est le plus grand amour de ma vie.

— Je comprends. L'attrait de la glace, la sensation sous tes patins, la volonté d'être le plus performant possible.

J'avais terriblement soif. Je me versai un verre d'eau douteuse provenant de la cruche posée sur la table roulante à côté de son lit. Quelqu'un portant des chaussures qui grinçaient passa précipitamment devant la porte.

— C'est difficile de tout laisser derrière, de se détourner de la compétition.

— Tu l'as fait, souligna-t-il.

Ses cheveux avaient besoin d'être peignés. Mes doigts seraient parfaits pour le travail. Je pris une gorgée d'eau à la place.

— En raison de la contrainte mentale. Je suis revenu pour entraîner les enfants à la patinoire.

Je remplis le gobelet en plastique et le lui passai. Il le vida rapidement puis en réclama un autre.

— Je parie que tu es un excellent entraîneur.

— Merci. C'est gratifiant.

Je pris la tasse vide et la roulai entre mes mains.

— Tu m'as manqué. Je me suis inquiété pour toi. Ils ne te procurent rien d'addictif, n'est-ce pas ?

J'inclinai la tête en direction de la perfusion attachée à son bras droit.

— Nan, bon sang !

— Dieter…

— Je plaisantais. Je vais bien… enfin, je suppose. Tu m'as manqué aussi, ainsi que le goût de ce gloss et ta manière de te serrer contre moi.

— Nous formons une sacrée paire, n'est-ce pas ?

— Je suppose que oui, soupira-t-il.

— Puis-je venir te voir en cure de désintoxication ? Le lieu est situé à environ deux heures de Philly. Je serais heureux de faire la route les jours où les enfants et la patinoire n'auront pas besoin de moi.

— Qu'en est-il de l'émission ? Tu ne peux pas les priver de ta présence.

— Les Railers sont rentrés à la maison et j'ai semé les caméras, juste à la périphérie de Lancaster. Je vais peut-être me faire virer. Croisons les doigts, murmurai-je avant de rigoler.

Dieter ricana, puis m'offrit des bonbons.

Je secouai la tête.

— Une minute de plaisir...

— Ton cul va très bien. Je parie que ce jean le moule à la perfection.

Ses yeux vert-doré s'enflammèrent au moment où il parlait. Je me levai pivotant lentement.

— Oh, merde, ouais, il a l'air vraiment bien. Quand tu viendras me voir en cure de désintoxication, porte-le avec un autre tee-shirt.

— Quand puis-je passer ? La semaine prochaine, j'ai mercredi de libre.

— Je te le ferai savoir. Le protocole est strict : pas de visiteurs les premières semaines. Nous sommes censés créer uniquement des liens avec le personnel et nos camarades dopés.

Il déglutit et soupira tristement.

— Je ne peux pas croire que je doive refaire ça.

— Je t'enverrai un SMS tous les jours. Peut-être même que je t'adresserai des photos de mon cul dans le pantalon que je porte sur le moment, ou une de bite, si tu es exceptionnellement gentil.

Cela le fit sourire largement. Mon Dieu ! L'effet que ce sourire avait sur moi… Il me rendait stupide, triste, effrayé et minaudier.

— Dieter, je suis inquiet pour moi. Qu'est-ce qui me pousse à chercher des hommes ayant des problèmes de dépendance ? Je pense que c'est parce que j'ai vécu avec Clay. Ils disent que cela a influencé mon comportement. Comme les enfants qui ne connaissent que les violences domestiques, semblent reproduire cette déviance à l'âge adulte. Pas tous, bien sûr, mais beaucoup. Il est donc possible que je choisisse des toxicomanes parce que j'ai grandi avec un joueur invétéré…

Je marquai une pause quand je réalisai ce qui venait de sortir de ma bouche. Je ne l'avais jamais exprimé auparavant. C'était bon de l'avoir enfin lâché. Dieter était-il contrarié ? Merde, comment pourrait-il ne pas l'être ? Pouah. J'étais un idiot à la langue trop pendue.

— Ouais, peut-être.

Il semblerait que son esprit batte la campagne.

— As-tu déjà pensé à consulter quelqu'un ? Je veux te toucher. Puis-je ?

— Je t'en prie.

Je m'approchai et posai une main sur la sienne. Ses doigts se refermèrent sur les miens. Nous soupirâmes tous deux doucement. Oui, sa peau à côté de la mienne rendait l'aube beaucoup plus lumineuse.

— Dieter, ce que j'ai dit à propos des toxicomanes – eh bien, tu sais que ce n'est pas la seule raison pour laquelle je suis attiré par toi. Je parle pour ne rien dire, juste parce que je ne sais pas quoi faire de moi.

— Si tu découvres pourquoi tu aimes les mecs qui ont la tête dans le cul... vas-tu rompre avec moi ?

— Sommes-nous en couple ?

Mon cœur s'accéléra à la seule pensée que nous soyons ensemble.

— Dans mon cœur, je pense que c'est évident.

Sa peur m'étouffa. Combinée à la mienne, c'était suffisant pour engloutir un homme.

— Je ressens la même chose dans mon cœur. Et non, je ne vais pas rompre avec toi. Tu es coincé avec moi, Lehmann – brillant à lèvres, eye-liner, paillettes et tout le reste !

Il porta mes jointures à ses lèvres sèches. Le baiser qu'il déposa me fit pleurer. Je tombais amoureux de lui. Deux êtres aussi perdus que lui et moi pouvaient-ils vraiment faire fonctionner une relation ? Non, c'était impossible. Pas tels que nous étions maintenant. Mais avec de l'aide et des conseils… eh bien, nous y *arriverions* certainement. Nous devions nous aimer et mieux nous connaître d'abord. J'étais prêt à faire cela, à lutter pour me reprendre et être heureux avec Trent, afin que je puisse être complet et extatique avec Dieter.

— J'ai hâte d'être coincé avec toi, Hanson.

Je me levai et lui volai un baiser. Pas en chocolat, cette fois.

DOUZE

Dieter

Alyssa Albright pleurait. Elle le faisait souvent, et je ne pouvais pas lui en vouloir. Lors de ces séances où nous nous étions tous assis en cercle dans la salle lumineuse et discutions de la merde qui traversait nos têtes, parfois tout ce que je voulais faire, c'était rester assis et pleurer.

— Et je n'ai toujours pas perdu ces cinq kilos en trop, disait-elle entre deux sanglots, même si je n'ai pas mangé pendant une semaine, et mon partenaire a refusé de travailler avec moi, avant de me traiter de génisse. Merde…

Elle enfouit son visage dans ses mains.

C'était une patineuse artistique, assez curieusement. Elle n'était pas du niveau de Trent, plutôt genre Disney sur glace, cependant, elle et moi avions cela en commun, et au cours des deux dernières semaines, nous nous étions rapprochés. Elle ne devait pas peser plus de quarante-cinq kilos, et encore, c'était généreux. Elle souffrait d'un trouble alimentaire, d'une dépendance aux médicaments, ce n'était qu'une gamine brisée qui, à vingt-cinq ans, avait l'air d'en avoir tout juste seize.

— Tu es minuscule, lâchai-je, avant de m'adosser à mon fauteuil.

Nous étions encouragés à discuter et à commenter, cependant, pas lorsque quelqu'un racontait sa propre histoire. Avait-elle fini ? Je n'en étais pas sûr.

— Pas assez, dit-elle, si douloureusement que mon cœur souffrit.

— Mon ami est un patineur artistique, avouai-je et elle me dévisagea.

Je commençai alors à révéler quelques parties de mon histoire pendant cette session. Des trucs de famille, des informations médicales. Les gars présents savaient tous que j'étais un joueur de hockey. Je n'étais personne de spécial ici, non pas que je voulais l'être. Peu importe, j'étais assis avec une patineuse artistique, deux footballeurs, un mec atrocement grand qui jouait au basket-ball, un chirurgien et une bibliothécaire.

Bien que je sois certain que la bibliothécaire était une simple couverture, parce qu'Ethel semblait en état d'alerte constant et continuait à faire ce geste, à croire qu'elle cherchait une arme à feu, accrochée à sa ceinture. Je pensais à la CIA, aux opérations spéciales ou à une sorte de merde à la Jason Bourne. Et qui diable utilisait Ethel en guise de nom de couverture ? Non pas que je m'attendais à ce qu'elle s'appelle Pussy Galore, mais quand même…

— Vraiment ? demanda Alyssa, me regardant de côté.

— Oui, et il serait capable de te soulever, parce qu'il est fort et concentré lorsqu'il travaille avec ses partenaires.

Je doutais de cette dernière partie, toutefois, Trent était

le genre d'homme qui ferait de son mieux avec tous ses collègues, j'en étais sûr.

— Quoi qu'il en soit, si tu venais à ma patinoire, j'aurais toute une équipe qui pourrait te soulever et te lancer en l'air comme si tu étais aussi légère qu'une plume. Le gars qui t'a balancé cette réflexion avait clairement manqué ses séances d'entraînement.

Elle me sourit, de ce sourire cassé, tordu, empli de larmes. Elle ne me croyait probablement pas, alors je fis un geste vraiment stupide. Je reprochais le manque d'exercices ailleurs que dans cette petite salle de sport le fait de ne pas être sur la glace, et pourtant, dans ma tête, je voulais juste faire quelque chose de bien pour quelqu'un d'autre.

Je me levai, lui offris ma main, elle la prit et se leva avec moi.

— Quoi ? demanda-t-elle, me dévisageant du haut de son mètre soixante-cinq.

D'un mouvement ample, je la pris dans mes bras. J'avais raison, elle était un poids-plume. Elle cria et rit, au moins elle ne pleurait plus.

— Alyssa, tout patineur professionnel chargé de te soulever devrait trouver cela plus facile que de lever un oreiller. Ce n'est pas ta faute, il t'a laissée tomber, c'est tout.

Elle arbora un air stupide, puis sourit.

— Monte-moi plus haut.

Ce que je fis.

Puis je relevai le défi et portai le mec du basket-ball, Dave, un type tout en bras et en jambes.

Je me débrouillai pour en faire autant avec les joueurs de football... je veux dire, ils étaient sérieusement costauds, d'autant qu'ils étaient tous les deux dopés aux stéroïdes, raison de leur présence ici. De plus, j'avais un genou en vrac, du moins un genou en voie de guérison, pourtant, je réussis.

Ethel haussa un sourcil et je compris qu'elle me prévenait que si je la soulevais, elle me tuerait d'un seul coup, net et précis.

Quand je me rassis, l'atmosphère de la pièce s'était allégée et les larmes qui suivirent, de Dave et de moi-même, s'avérèrent cathartiques.

De retour dans ma chambre, j'avais deux appels téléphoniques à passer. Le premier que je redoutais, le second dont j'espérais davantage. Personne ne saurait que je n'avais pas téléphoné le premier. Personne, sauf moi.

Maman répondit à la quatrième sonnerie, comme elle le faisait toujours, vérifiant d'abord l'identité de l'appelant et cherchant ensuite le bouton sur lequel appuyer pour décrocher. Je l'avais vue faire si souvent, que l'idée de regarder le téléphone et le manipuler me faisait sourire.

— Salut, maman.

— Désolée, qui êtes-vous ? Connaissons-nous quelqu'un appelé Dieter ?

— Ha-ha, lançai-je. Je sais que ça fait longtemps.

— Une semaine, c'est long. Un mois constitue une raison suffisante pour que nous te proposions à l'adoption. Bien que personne ne voudrait plus de toi maintenant, tu as dépassé le stade du chiot mignon.

Elle me taquinait et je pouvais entendre le sourire dans sa voix. J'aimais mes parents, mariés depuis vingt-sept ans et toujours aussi amoureux. Ils avaient travaillé dur pour moi, étaient venus à chaque entraînement, assister à tous mes matchs, ils étaient le genre de parents de joueurs de hockey qui se sacrifiaient eux-mêmes et que tous les enfants qui souhaitaient chausser des patins devraient avoir.

Bien sûr, ma mère avait été une patineuse artistique – pas professionnellement, pourtant, elle avait été très proche d'une sélection en équipe olympique. Puis, elle était tombée enceinte de moi et, à ce jour, elle déclarait encore qu'elle me préférait à une médaille.

Ce qui me faisait si mal au cœur.

Je l'avais laissée tomber, mon père également, et j'avais gardé le secret concernant mes problèmes. Seulement, c'était un point négatif, selon mon groupe de thérapie. J'avais besoin de me montrer honnête, ouvert et de rechercher le meilleur dans ma vie, ce qui incluait mes parents, le hockey et maintenant Trent. Je n'avais pas de frères et sœurs, je savais que mes parents avaient essayé après moi, sans succès. J'incarnais leur espoir en tout.

— Aurais-tu une dizaine de minutes ? demandai-je, m'efforçant de revenir dans l'instant présent.

Une partie de moi espéra qu'elle m'annoncerait qu'elle devait se rendre quelque part.

— Toujours, répondit-elle. Je vais juste me chercher un café et m'asseoir dans la cuisine.

Je l'entendis bouger, imaginai la cuisine avec ses comptoirs usés et sa grande gazinière. Cela semblait idyllique, et croyez-moi, ça l'était. Ma mère était une vraie mère, comme celles que vous pouviez voir dans toutes les publicités, à la télévision ou encore dans un vieil épisode de *The Waltons*. Elle s'occupait de la famille, mon père et elle ne se disputaient jamais et elle accomplissait tout cela avec amour.

— D'accord, reprit-elle. Parle. Est-ce à propos du

genou ? Vont-ils te renvoyer sur le banc de touche ? Je suis désolée, mon chéri, mais tu pourras revenir auprès d'eux plus tard, d'autant que tu sais qu'ils te veulent.

— Non, maman, le genou, c'est bon, la rééducation se passe bien, et j'espère pouvoir revenir sur la glace avec les Railers après le début de la saison.

— Nous voulons des billets, mon chéri.

— Bien entendu, dis-je.

À chaque match que j'avais joué, il y avait eu des places réservées pour Pauline et Gustav Lehmann, et la plupart du temps, ils assistaient au moins à une dizaine de ceux-ci par saison.

— Ce n'est pas pour cela que j'appelle. Je ne suis pas chez moi pour le moment. Je me trouve à l'hôpital, enfin, en quelque sorte…

— Tu as pourtant dit que ton genou... Dieter ?

Elle sembla soudain craintive et je ne pouvais pas laisser la situation perdurer trop longtemps.

— Lorsque je me suis blessé au genou la première fois, j'ai pris des médicaments puissants et je suis devenu accro. Je m'en suis sorti, puis cela m'a rattrapé. Je suis en cure de désintoxication, maman.

Le silence régna une seconde de plus que je ne l'avais espéré, et j'imaginais son cœur se briser.

— Je suis heureuse que tu te sois trouvé de l'aide, indiqua-t-elle finalement.

— Maman, je suis désolé…

— Surtout, je suis si fière de toi, que tu fasses le nécessaire et que tu me l'avoues.

Je me sentis déchiré. Juste à ce moment-là, j'aurais pu hurler comme un putain de bébé qui souffre. Imaginez cela à la téléréalité : *un joueur de hockey perd les pédales au téléphone avec sa mère.*

— Maman…

— Je sais, Dieter. Je sais, mon chou. Je suis là, parle-moi.

Et ce foutu barrage se brisa.

Après avoir versé toutes les larmes de mon corps, et entendu tout ce que ma mère avait à dire, elle promit d'en discuter avec papa. Elle m'assura qu'il l'accepterait et je savais qu'elle avait raison. Il était son autre moitié et ils pensaient souvent la même chose.

Je craignais juste qu'en tant qu'homme, ce soit plus difficile de lui parler. Lorsque mon téléphone sonna moins de deux minutes après avoir raccroché avec ma mère, je savais que je n'aurais pas longtemps à attendre pour être fixé. Nous n'avons pas pleuré, mais nous échangeâmes une version téléphonique d'un tapotement viril dans le dos, et il m'assura qu'il était de mon côté, puis me traita d'idiot pour ne pas leur en avoir parlé plus tôt.

Nous évoquâmes la façon dont cela contrariait maman, c'était notre façon d'admettre ce que nous ressentions à ce sujet et dont cela nous affectait en tant que père et fils.

— Je t'aime, Dieter, souviens-toi toujours de ça.

— Je t'aime aussi, papa.

J'envoyai un texto à Trent, évoquant Alyssa et remarquai alors que je n'avais pas discuté de lui avec Maman et Papa.

Je les rappellerai demain. Pour leur faire savoir qu'en aucun cas, Trent et ma dépendance n'étaient liés.

Je laissai un message vocal à Trent parce qu'il ne répondit pas, cependant, il avait sa propre vie, et n'avait pas à rester là, planté auprès du téléphone, afin de répondre illico à mes messages. Il allait me rendre visite aujourd'hui, pour la première fois. Sans supervision, ni rien de toute cette merde, toutefois, il devrait s'inscrire sur la liste des visiteurs, être fouillé, et il n'était pas autorisé à amener de la nourriture ou des boissons. Je pense qu'il était déçu, puisqu'il m'avait annoncé qu'il voulait apporter des plats de sa grand-mère pour le pique-nique.

Je m'étais donc occupé de tout moi-même. J'avais organisé avec l'aide de la cuisine, un petit panier de nourriture – rien de spécial, juste beaucoup de protéines, auxquelles j'avais encore accès. Pas la peine d'aller en cure de désintoxication et d'en ressortir, incapable de patiner. Je prenais mes exercices et mon alimentation très au sérieux. En tout cas, je ne mangeais pas la moitié de ce que les footballeurs avalaient, eux qui pouvaient vous vider une table en dix secondes chrono.

Je décomptai le temps. Il devait arriver vers seize heures, j'avais déjà pris une douche, portais mon meilleur jean et un tee-shirt propre, puis j'attendis devant la réception.

Il arriva à quinze heures cinquante-sept, signa le registre, remplit les formulaires, et il ne me remarqua pas, de là où je me trouvais, alors que je pouvais le contempler à loisir.

Et il avait l'air si beau.

Ses cheveux étaient à nouveau d'un bleu vibrant, néanmoins, il les avait fait couper, c'était désormais plus court à l'arrière. Je ne pouvais pas voir clairement son type de maquillage, et j'espérais sincèrement qu'il avait fait la totale. Il n'avait clairement pas lésiné sur ce qu'il portait : un pantalon bleu électrique, une chemise argent et saphir et de nombreux bracelets pendaient à ses poignets. Hors de question de passer incognito pour Trent Hanson.

J'aperçus la réceptionniste lui tendre son pass de sécurité et j'attendis près de la porte, faisant de grands gestes pour lui indiquer où il devait aller. Puis, soudain, il était là.

Je ne le touchai pas. La porte se referma derrière lui, les serrures cliquetèrent. Il était vraiment là.

— Trent, dis-je, glissant mes mains dans mes poches parce que je ne savais pas quoi en faire.

— Hey, fit-il, posant un poing sur sa hanche.

Il avait l'air un peu incertain, comme s'il n'était pas entièrement convaincu que je voulais qu'il vienne me rendre visite. Qu'est-ce que je foutais ? Pourquoi ne pouvais-je pas me mettre à nu devant l'homme que je désirais ?

Je suis courageux. Je peux le faire.

J'avançai jusqu'à ce qu'il n'y ait plus beaucoup d'espace entre nous et qu'il doive lever les yeux pour me regarder. Je berçai son beau visage dans mes mains et fermai les yeux.

Le baiser fut doux et parfait, tout ce dont j'avais besoin, à ce moment-là.

Qu'en était-il de Trent ? Il ne m'embrassa pas avec son enthousiasme habituel, ne m'étreignit pas et n'émit pas le moindre son. Je rompis le baiser et reculai. Il me dévisagea, la tête légèrement inclinée.

— Est-ce d'accord de t'embrasser ? demanda-t-il, inquiet.

Je ne pensais pas qu'il voulait réellement dire cela dans le sens « je suis gay, que vont dire les gens ? », cherchant à savoir en quoi cela bouleverserait mon rétablissement.

Je tendis une main, qu'il prit, et le guidai dans le couloir principal, puis vers la porte menant au grand jardin.

— Comment va le genou ?

Je boitais, car mon membre était enfermé dans une jambière, néanmoins, j'avais cessé d'utiliser des béquilles.

— Bien, répondis-je, marchant sur l'herbe et gravissant la colline jusqu'à la plantation d'arbres, lieu où je venais pour m'interroger.

Il n'ajouta rien d'autre.

— Quand je suis arrivé ici, ils m'ont dit que je devais trouver un endroit où je pourrais m'asseoir et réfléchir, expliquai-je, avant de m'arrêter sous le plus grand érable rouge.

Je relâchai momentanément sa main, retirai mon sac à dos contenant notre repas, et m'accroupis maladroitement pour m'asseoir en tailleur. Il m'imita et nous nous retrouvâmes l'un à côté de l'autre.

— Embrasser, c'est bon, dis-je pour répondre à sa question.

Au début, les baisers étaient doux, il se montrait enthousiaste, visiblement autant que moi, puis brusquement, il passa de l'affection au désir, et il grimpa sur moi, tel un singe, s'étalant sur mon corps, me poussant à plat dos sur le sol, se tenant toujours à l'écart de mon genou. Je redressai un peu les jambes pour me mettre à l'aise, et il se rassit – juste au-dessus de mon érection, qui appréciait définitivement sa visite – et me fixa.

— Raconte-moi tout, ordonna-t-il.

Attendez... Quoi ? Avait-il manqué la partie où il était assis sur mon sexe et remuait ? Je résumai donc, dans l'espoir d'obtenir rapidement quelques frictions.

— Rapport de deux semaines : tout va bien, des attentes gérées, des discussions de groupe, soulèvement d'une patineuse artistique aujourd'hui, les trucs habituels. J'espère aller au gymnase la semaine prochaine pour travailler sur la condition physique, le genou guérit bien, et je suis des séances de rééducation.

— Je suis vraiment fier de toi, murmura-t-il, puis il prit chacune de mes mains dans les siennes et se pencha, les épinglant dans l'herbe.

Je ne m'étais jamais senti aussi vulnérable que devant la fierté nue contenue dans ses yeux. Tout ce que je réalisais en ce moment, c'était que j'aurais dû faire tout ça il y a deux ans, lorsque je m'étais blessé pour la première fois. Il n'y avait rien d'héroïque à faire face à mes propres décisions. Ce n'était pas un sujet pour lequel les gens devraient être contents de moi.

C'était à moi de retrouver ma dignité afin de mieux me connaître. N'était-ce pas le message qu'ils me vendaient ici ?

J'étais certainement en phase d'acceptation, et commençais même à sentir que j'avais d'autres options.

— Lors de la première réunion, j'ai déclaré que je n'avais jamais eu l'intention de prendre les médicaments de manière continue, avouai-je, ses lèvres à peine éloignées des miennes.

Je pouvais me pencher, et si lui bougeait, ne serait-ce que d'un millimètre, nous pourrions nous retrouver lèvres contre lèvres, toutefois, c'était un point que je voulais qu'il sache.

— J'ai menti. Je les ai pris parce qu'ils me retournaient la tête. J'avais mal et ne parvenais pas à me détendre. Ils soulageaient la douleur, puis m'aidaient à me relaxer.

— D'accord.

Il m'embrassa alors, juste un simple baiser sur le bout de mon nez.

— Et aussi, il y a toute cette mentalité de vouloir jouer en dépit de la souffrance, et je voulais tellement entrer dans la LNH que j'étais prêt à prendre un raccourci vis-à-vis de la douleur que je ressentais.

— D'accord, chuchota-t-il avant de baiser une paupière.

J'avais l'impression de recevoir un baiser pour tout ce que je révélais sur moi-même. Un jeu. J'aimais les jeux.

— J'ai le sentiment d'être un imposteur. Comme si, un jour, les Railers allaient se réveiller et m'annoncer qu'ils n'avaient jamais réellement voulu me proposer de contrat.

Cela me valut un baiser sur l'autre paupière et un léger frottement de sa peau sur ma joue. Je pouvais le sentir, le parfum pur de l'air qui nous entourait, et je me concentrai sur chaque parcelle de son corps, son poids me plaquant au sol, son regard déterminé.

— Je veux jouer au hockey avec les Railers. J'en ai tellement envie que je m'inquiète, que ferais-je si je ne peux pas atteindre ce rêve ultime ? Je ne serais plus moi-même.

Cette fois, il lécha doucement mes lèvres.

— Avant tout, je dois arrêter les pilules pour moi.

Il approfondit le baiser et nous restâmes allongés là, sous l'arbre, à nous bécoter pendant un très long moment.

— Alors, mon beau-père… lança Trent.

— Ouais ? Qu'en est-il de lui ?

— Il a demandé à me voir, a déclaré ma mère qu'il voulait que je lui rende visite. Il aurait soi-disant des choses à me dire.

— Que ressens-tu à ce sujet ?

Son nez se plissa.

— Nous n'avons pas assez de temps pendant cette visite pour couvrir tous les sujets.

Trent redevint alors très silencieux, si bien que je lui racontai des histoires drôles et il se mit à rire, particulièrement lorsque j'en finis avec l'épisode du levage. Il recula légèrement.

— J'ai cherché Alyssa sur YouTube, avoua-t-il. Elle a du style.

Il se tortilla contre moi et mon sexe se releva à nouveau.

— Je pourrais la soulever facilement et t'obliger à me regarder.

— Je *te* regarde.

Probablement la phrase la plus redondante que j'ai jamais dite.

— Tu es magnifique.

Il plissa le nez. Il était vraiment adorable en cet instant et je lui volai un autre baiser, du mieux que je pouvais, sans utiliser mes mains pour l'attirer à moi.

Il roula sur le côté, appuyant son dos à mon côté.

— Tu m'as manqué, souffla-t-il, avant de se retourner encore une fois pour se retrouver allongé sur moi.

— J'ai faim, qu'est-ce que tu as ?

Il se redressa et saisit le sac posé derrière moi, l'ouvrant et sortant les objets un à un. Je voulais ses baisers, pas manger, puis réalisai qu'il marquait un point quand mon estomac se mit à gronder. À l'ombre des arbres, nous avalâmes nos sandwiches, des chips et bûmes de l'eau, et pendant tout ce temps, il me parla de ses jeunes, de la patinoire et de la façon dont cette gamine appelée

Scotty avait besoin de quelqu'un à qui parler, et combien c'était agréable qu'il puisse l'aider.

— Alors quand vont-ils te laisser... je veux dire... que tu pourras partir ?

— Je pourrais m'en aller maintenant, reconnus-je avec un sourire alors qu'il hésitait sur ses mots. Je ne vais pas le faire, cependant. J'ai un coach qui travaillera avec moi à partir de la semaine prochaine et il y aura des entraînements dans un gymnase à proximité. Ce qui m'arrive à partir de maintenant ne dépend que de moi.

— Qu'en est-il de l'équipe ? As-tu eu de leurs nouvelles ?

C'était en fait l'un des points les plus surprenants. Je m'attendais à une réaction de Connor, après tout, il était le genre de capitaine qui veillait sur ses coéquipiers. J'avais deviné que Toly me contacterait, il était mon représentant et ses textes étaient à moitié écrits en russe, ce qui voulait dire que je devais me débrouiller pour les traduire. D'après son dernier message, c'était pour me donner quelque chose à faire.

Le plus étonnant concernait les autres. Ten m'expédiait des blagues stupides, Stan m'adressait des messages qu'il avait clairement écrits via Google Translate, car ils me faisaient autant rire que les plaisanteries de Ten. Arvy m'avait envoyé un texto « pense à toi, mec » vraiment bien pensé et mûrement réfléchi. Je pouvais même imaginer le câlin qui allait avec. Ensuite, il y avait le message de Layton. Il était un peu plus sérieux, et même s'il l'avait formulé avec soin, il avait tenu à me prévenir que Marianna l'avait contacté directement afin de discuter de son prix à la lumière de mon nouveau contrat. Il avait précisé qu'elle avait eu le cran de venir à la patinoire, la salope, mais qu'il l'avait fait expulser.

Je devais retourner là-bas, m'occuper d'elle, étreindre Arvy, trouver quelques blagues en anglais et en russe pour Ten et Stan.

Surtout, je devais y aller, afin de me reconstruire pendant un mois ou deux.

— J'ai reçu des messages de beaucoup d'entre eux, concédai-je enfin. Aucun de leurs textos ne signifie autant que ceux que je reçois de ta part.

Silence. Il ne détourna pas le regard, n'évoquant pas plus nos communications avec enthousiasme. Au contraire, il devint calme et pensif.

— Je dois bouger, annonça Trent, rompant le silence.

Il se remit sur ses pieds, essuya les miettes et tendit la main.

— Allez, mon grand !

— Ai-je dit quelque chose qu'il ne fallait pas ? m'enquis-je, inquiet d'avoir encore tout foutu en l'air.

Trent m'aida à me lever, à me calmer aussi, comme si j'avais une flopée d'abeilles autour moi, puis il s'arrêta et soupira.

— Je veux être nu avec toi, admit-il, et là où il y avait eu de l'anxiété auparavant, je me sentais désormais très heureux. Toutefois, les relations sexuelles sont interdites ici, alors tu ne devrais pas dire des trucs qui m'excitent au plus haut point.

Nous nous tînmes par la main en descendant la colline. Je marchais à grandes enjambées un peu raides, lui essayant de suivre mon rythme, de son pas bondissant. Puis il lâcha ma main et sauta la dernière partie, m'aidant à la franchir, ce dont, je peux bien l'avouer, j'avais vraiment besoin. Puis il s'éloigna et je réalisai qu'il se dirigeait directement vers Alyssa, qui eut l'air tellement surpris qu'elle faillit tomber de sa chaise. Il échangea quelques paroles avec elle, et avant même que je puisse les rejoindre, il la prit dans ses bras, après une roulade compliquée, elle se retrouva sur son épaule et ils formèrent une figure paraissant très complexe.

Juste là, dans le jardin.

Elle riait. Il souriait.

Oh, mon Dieu ! J'en pince tellement pour lui. Je suis totalement accro à cette nouvelle dépendance. Trent.

Je suis tellement amoureux.

TREIZE

Trent

La fin de ce foutu été arriva, à ce qu'il semblerait. Voir Dieter une fois par semaine, si j'avais le temps, n'était tout simplement pas suffisant. J'avais besoin de plus. Je *voulais* plus. Plus de contacts, de discussions, et d'intimité. Se frotter l'un contre l'autre sous cet érable rouge ne me satisfaisait plus. Envoyer des SMS, c'était bien, mais cela manquait cruellement de sensations. Les appels vidéo aidaient. Je pouvais voir ses yeux verts étincelants et sa mâchoire incroyable recouverte de chaume, cependant, je ne pouvais pas toucher ses moustaches ni embrasser le coin de ses yeux de jade. Pourtant, je comprenais qu'il était là où il devait être. Malgré tout, mon corps réclamait son contact. J'étais gourmand. À présent l'automne se faisait sentir. Il chatouillait les sens lors des matins frais, puis disparaissait à mesure que les saisons se disputaient le contrôle. Aujourd'hui était l'un de ces jours d'une humidité impitoyable et de chaleur du début septembre dans la ville. Les vêtements collaient à la peau, les cheveux retombaient et le maquillage dégoulinait.

Trent n'était pas heureux. Et les choses semblaient vouloir empirer.

Ma mère se dépêcha de sortir de sa petite maison, bien habillée, un sourire éclairant son visage. Ce sourire s'effaça lorsqu'elle aperçut la camionnette garée derrière sa voiture. À l'intérieur de cette fourgonnette blanche se trouvait une équipe de tournage, avec un preneur de son et un maquilleur. Ils attendaient tous avec impatience que nous entrions dans une Chevy Impala, une vieille guimbarde que ma mère possédait et que nous nous rendions dans le comté de Mercer. Pour voir Clay.

— Pourquoi ces caméras sont-elles ici ? souffla Maman, les dents serrées.

Je tamponnai mon front en sueur avec un mouchoir en coton de la même teinte que mon pantalon mauve. Je me sentais plutôt Prince aujourd'hui. Vous savez : sexy, impertinent et fier de cela ? La veille, j'avais teint mes cheveux d'un violet profond et je m'étais vêtu de tons violet et rose vif, jusqu'au béret framboise posé sur mes cheveux couleur prune et mes bottes scintillantes, truffes à la framboise. Ce type d'affichage – tout en couleurs vives et féminines – ferait probablement exploser la tête de mon beau-père. Lui et moi devions avoir cet entretien. Il n'y en aurait qu'un, et je voulais qu'il me voie tel que j'étais. Il se confronterait à un Trent coloré ou il pourrait retourner dans sa cellule.

— Ils sont ici parce que j'ai signé un contrat.

Elle planta ses pieds fermement dans le sol, lançant un regard noir à la camionnette d'abord, puis à moi.

— Selon les producteurs, cette visite en prison contribuera à créer un effet captivant, puissant et dramatique à l'émission.

— Je déteste que tu diffuses ce moment aussi privé à des millions de personnes.

— Je déteste que Clay ait volé tout mon argent et m'oblige à propager des informations privées à des millions de personnes, simplement pour que ta maison et ma patinoire ne tombent pas entre les mains de la banque.

Sa colère sembla s'estomper. J'aimerais que cette chaleur en fasse autant. Je devenais tellement énervé et irritable quand je me sentais mal à l'aise.

— Je suis désolée pour ça, déclara-t-elle pour la milliardième fois.

— Maman, arrête de t'excuser pour lui. Il est responsable de ses actions. Nous avons appris cela lors de la réunion avec le conseiller familial la semaine dernière, tu te souviens ?

— Oui, oui, je m'en souviens. J'ai juste l'impression de…

— Je sais.

Je lui adressai un sourire timide et indiquai la voiture d'un geste mou.

— Pouvons-nous y aller ? Je fonds.

— D'accord, oui.

Elle lança un regard inquiet à l'équipe de tournage, avant de se précipiter dans sa voiture et de prendre le volant.

Les vitres étaient fermées pour dissuader quiconque de lui voler ses cassettes de Tony Orlando & Dawn. À croire qu'un voleur pourrait même être intéressé par des cassettes de Tony Orlando & Dawn – cela n'a rien de personnel, Tony. Quand j'entrai, j'éprouvai le sentiment de m'asseoir dans l'un des hauts fourneaux de Belzébuth. Elle baissa la vitre et un souffle apaisant d'air chaud de Philadelphie déferla dans la voiture.

— Bien mieux, ironisais-je.

Maman saisit l'allusion et démarra la climatisation.

— Je te remercie. Je paierai pour l'essence que l'air froid utilise.

Nous nous engageâmes dans la circulation et roulâmes en silence pendant un moment.

— Il est excité que tu viennes, dit finalement maman.

— Pffff...

Je commençai à gratter le vernis à ongles sur mon pouce. Maman soupira. Je m'interrompis et répondis avec des mots, comme notre thérapeute nous l'avait recommandé. Enfin... surtout moi. Elle m'avait enjoint d'utiliser des mots plutôt que des sons, des grognements ou des gestes grossiers lorsque mon beau-père était mentionné.

— Je n'ai vraiment rien à lui dire.

— Il a des choses à te dire. Il t'aime.

— Pffff…

Je fermai les yeux, puis me corrigeai.

— Je veux dire que j'en doute fortement. Il ne m'a jamais apprécié. Il m'a tout juste toléré, uniquement pour toi. Il t'aime peut-être, mais j'ai toujours été le petit gamin homosexuel qui l'embarrassait.

— Tu sais, pour un homme qui sort avec quelqu'un qui lutte contre une dépendance, tu te montres foutrement moralisateur envers une personne qui souffre du même problème.

Je me penchai vers la fenêtre à ma droite, regardant le paysage urbain s'estomper. Sa réflexion fit mal. Elle me blessait parce qu'elle était vraie. Je n'avais parlé de Dieter à ma mère que la semaine dernière. Elle m'avait interrogé, parce que j'avais mentionné son nom à une ou deux reprises, toutefois, j'avais refusé de partager ces informations avec elle. Le docteur Penny, notre nouveau conseiller, m'avait encouragé à me montrer franc et honnête. J'avais donc raconté à ma mère tout ce que je pouvais concernant mon nouveau petit ami. Elle en avait été heureuse et inquiète, ce que je pouvais comprendre. Après tout, elle avait vécu toute l'affaire Jonas. Là, c'était différent. Dieter s'en sortait bien et s'y tiendrait.

S'il vous plaît, mon Dieu, faites en sorte qu'il reste clean. Mon cœur ne pourrait pas le supporter autrement.

— Je n'en suis pas encore arrivé au stade où je peux pardonner à Clay, maman, confessai-je environ dix minutes après l'explosion de colère initiale.

— Je sais, bébé. Je sais.

Elle me tapota la cuisse, avant de mettre son clignotant.

Mon regard parcourut l'imposante installation à sécurité minimale. Je n'avais jamais pénétré dans un endroit entouré d'une clôture électrique, surmontée de barbelés.

— Ne panique pas quand ils te fouilleront.

— Non, je ne le ferai pas. Ils le font également au centre de désintoxication de Dieter, murmurai-je alors que nous sortions et retrouvions l'équipe de télévision.

Je me demandais quel genre de permission spéciale la chaîne avait dû obtenir pour que cela soit autorisé. Mon estomac était totalement noué. Je n'avais pas mangé depuis hier après-midi. Comme je souhaitais que Dieter soit là pour m'accrocher à lui.

Nos voitures et nos corps furent fouillés avant même

que nous fassions un pas. Après ce petit plaisir, je tendis la main à ma mère. Elle la saisit et nous marchâmes jusqu'à l'entrée. L'équipe de tournage nous suivit. À la porte, je me retournai pour leur faire face.

— Vous ne venez pas, annonçai-je.

Ils soupirèrent tous. Je suppose qu'ils étaient habitués aux revirements de Trent. Bien. Ce ne serait donc pas une surprise.

— Trent ! cria le producteur. Nous en avons déjà parlé cent fois. Vous avez signé un contrat stipulant que vous nous accordiez cent heures de film. Si vous continuez à éviter de diffuser tout ce qui vous défrise, nous devrons contacter les pouvoirs en place et les informer que vous ne respectez pas vos obligations contractuelles.

— Appelez-les. Je m'en fous. Ma mère est contrariée par votre présence. C'est une affaire personnelle de famille et vous n'êtes pas le bienvenu.

— Trent, pour l'amour de Dieu, la téléréalité est précisément axée sur les affaires personnelles. C'est ce qui rend le genre si attrayant.

Il faisait de son mieux, toutefois, je refusai de changer d'avis. J'avais perçu l'air dégoûté de maman, et sentais son malaise à présent.

— Les gens, chez eux, veulent savoir que vous autres, les célébrités, menez une vie encore plus pourrie que la leur.

— Eh bien, j'emmerde les attentes du public.

Je me détournai de l'équipe de tournage, m'emparai de la main de ma mère et la guidai à l'intérieur de la prison. J'allais probablement finir par être poursuivi en justice avant que tout soit terminé. Ainsi soit-il.

— Merci, bébé, murmura Maman.

Je serrai ses doigts et nous entrâmes dans les profondeurs du centre carcéral.

Tous les formulaires de permission étaient en ordre. Nous avions respecté le code vestimentaire, mis à part les bracelets qui pendaient à mes poignets. Ceux-ci devraient être laissés auprès d'un garde. Une fois à l'intérieur, nous fûmes fouillés encore une fois, passâmes sous un détecteur de métal. Je pouvais entendre les détenus. J'étais malade de nervosité. Nous fûmes escortés à une salle privée. Des prisonniers passèrent devant nous. Des sifflements et des propositions obscènes dérivèrent jusqu'à nous. Heureusement, les gardes assignés à ce spectacle d'animaux en rut firent avancer les hommes en orange.

Une fois dans la zone privée, qui avait été mise à la disposition de l'équipe de tournage, maman s'assit à la table.

La porte s'ouvrit et Clay entra, suivi par un garde de la taille du Mont Rushmore. Mon estomac vide fut pris de crampes. Clay avait l'air d'être le même, bien que plus vieux. Tellement plus âgé. Et hagard. Ses cheveux noirs étaient parfaitement coupés, cependant, son habituel teint sombre paraissait pâle. Son regard parcourut la pièce alors qu'il était conduit à son siège. Je fus heureux de voir qu'il n'avait pas de menottes.

— Je suis l'agent pénitentiaire Kent, et resterai dans ce coin, nous informa Mount Rushmore, avant de s'éloigner pour se poster dans ledit coin, nous intimidant en silence. Était-ce toujours ainsi que cela se déroulait, ou était-il là en raison de l'émission télévisée qui était censée avoir lieu ?

Maman était positionnée en face de Clay. Je me tenais dans le coin opposé de Kent, mâchant l'ongle de mon pouce, me sentant en colère et nauséeux à la fois. Maman et Clay joignirent leurs doigts et les laissèrent sur la table.

— Content de te voir, Donna. Tu es si jolie, dit Clay.

Entendre le timbre de sa voix après si longtemps me fit tressaillir. Puis son regard quitta ma mère et s'installa sur moi.

— Content de te voir aussi, Trent. Tu es tellement… coloré aujourd'hui.

— Tu veux dire gay. Je suis tellement gay aujourd'hui. C'est ce que tu veux dire, détenu Gallo ?

Ma main retomba à mes côtés.

Les yeux noirs de Clay brillèrent. Puis il acquiesça.

— Je mérite cette remarque de ta part. Je t'ai fait du mal, mon fils.

L'élastique étroit qui me maintenait ensemble se brisa.

— Non. Oh non ! Tu n'as aucun droit de m'appeler « fils » ! criai-je, pointant un doigt vers lui. Je ne suis *pas* ton fils. Tu l'as dit très clairement il y a des années. Tu te souviens de toutes ces fois où tu m'as traité de pédé pour aimer le patinage artistique et la couture ?

Il baissa la tête de honte, pas avant que je puisse voir que ses yeux étaient emplis de remords.

— C'était une erreur de ma part.

— Sans déconner ? Pareil pour ce qui est d'avoir volé tout mon argent ! J'ai été à deux doigts de la dépression nerveuse.

Il me jeta un coup d'œil. Je lui montrais l'espace d'un millimètre entre mon pouce et mon index.

— J'ai dû me lancer dans une putain d'émission de téléréalité avec une équipe de hockey pour empêcher ta femme de vivre dans la rue.

Mes mains volaient dans tous les sens, mes gesticulations étaient violentes et échauffées.

— Putain, je te *hais*. Je déteste ce que tu nous as fait, que tu crois pouvoir simplement revenir dans nos vies et que tout le monde t'acceptera sous prétexte que tu es dépendant.

— Il ne pense pas ça, Trent. Pas du tout, intervint maman, les yeux suppliants. Ne mérite-t-il pas une seconde chance comme ton Dieter ?

— Ne te sers *jamais* de mon petit ami pour prendre la défense de ce trou du cul, aboyai-je à ma mère. Il travaille plus dur que jamais afin d'essayer de rectifier la situation et de se faire pardonner auprès de moi et de son équipe ! Ce tas de merde est…

— … essaie de faire la même chose, Trent, intervint Clay.

Ses mots ressemblèrent à un coup de massue en plein ventre. Je me penchai, fermai les yeux, m'efforçant d'aspirer de l'oxygène. Quelqu'un me toucha le dos. Je m'éloignai du contact et retournai dans mon coin, des larmes silencieuses semant le chaos avec mon eye-liner et mon mascara.

— J'essaie de redresser la situation, même si je sais que je n'y parviendrai pas complètement. Te présenter des excuses pour les années que j'ai passées à te malmener est difficile, mais cela fait partie de mon rétablissement. J'ai déjà admis que j'étais impuissant devant les jeux. Je me suis engagé à changer radicalement de vie, et chercher à faire amende honorable auprès des gens que j'ai blessés fait partie du programme.

— Je ne veux pas entendre tes excuses pour le

moment. J'ai davantage besoin de te haïr, haletai-je, luttant contre l'hyperventilation.

— C'est bon, je comprends, répondit doucement Clay.

Ma mère se mit à pleurer doucement.

— Je vais continuer d'essayer de tout arranger avec toi et ta mère.

Je hochai la tête en guise d'acceptation, puis m'enfuis de la pièce, une main appuyée sur ma bouche. Je trouvai une poubelle avant de pouvoir localiser des toilettes, et me penchai pour vomir. Dieu merci, le sac avait récemment été remplacé. Quand les haut-le-cœur s'arrêtèrent, j'essuyai mes lèvres du revers de ma main, étalant le gloss au passage, j'en étais sûr. Je me relevai. Ma mère marchait vers moi, si jolie dans une robe d'été jaune avec ses cheveux d'un noir éclatant, réunis en une queue de cheval et mettant son visage en valeur.

— Je ne suis qu'un sale hypocrite, toussais-je, alors que ses bras glissaient autour de ma taille.

— Non, bébé, ce n'est pas vrai. Il est plus difficile de pardonner que de haïr.

Elle déposa un baiser sur ma joue humide.

— Tu y arriveras. Tu es un homme bon, gentil et généreux, et tellement aimant.

— Pouvons-nous partir ? Je dois y aller… et réfléchir à ce gâchis. Mon niveau de bonheur est monstrueusement bas.

— Rentrons à la maison. Ta grand-mère nous prépare un repas spécial.

Nous quittâmes la prison et laissâmes Clay derrière nous. L'équipe de tournage se précipita pour nous rattraper. Je vis l'institution carcérale devenir de plus en plus petite dans le rétroviseur latéral pendant que ma capacité à respirer revenait lentement. Maman ne parla pas pendant tout le trajet, souriant juste à l'occasion. Je mordillai l'intérieur de ma bouche, la vue brouillée, l'esprit tournant comme un fou, jusqu'à ce que nous nous arrêtions devant la vieille maison de briques de la 16ème Avenue et que j'aperçoive Dieter qui attendait au bord du trottoir.

J'ouvris la portière en grand, avant même que nous soyons garés correctement. La camionnette transportant l'équipe se gara derrière nous, au beau milieu de la rue. Je courus vers Dieter, déversant à nouveau de grosses larmes, et me lançai vers lui. Il m'attrapa avec aisance, ses mains fortes se glissant sous mes fesses. Je l'enveloppai de ses bras et de mes jambes et capturai sa bouche avec la mienne. Son goût me guérit. Soudain, la réalité me frappa de plein fouet. Enfin, le fait de savoir que les membres d'une émission de téléréalité se trouvaient derrière nous.

— Oh, merde ! murmurai-je.

— Surpris de me voir ? plaisanta-t-il, après avoir rompu notre baiser afin de pouvoir respirer.

— Pardonne-moi. Je viens de faire ton coming-out sous les yeux du monde entier. Je vais leur ordonner d'arrêter de filmer.

— Non, c'est bon. Que tout le monde sache pour nous. C'est précisément mon désir de dissimuler des choses qui m'a mis dans ce pétrin. Je ne cacherai plus rien.

Je parsemai son visage de baisers, les caméras nous encerclant lentement. Je replongeai pour un autre baiser sexy, celui-ci dura si longtemps que je me sentis étourdi.

— Je pensais que tu resterais en cure de désintoxication une semaine de plus, haletai-je un instant plus tard.

— Je ne pouvais plus demeurer loin de toi.

Son sourire était doux et impie. Je l'embrassai encore et encore et encore.

— Trent, allons à l'intérieur. Grand-mère est en train de préparer un *kamayan*.

Dieter me relâcha et mes pieds se retrouvèrent sur le trottoir. Je fis courir un doigt sur la mâchoire de Dieter, puis me tournai pour regarder ma mère.

— C'est Dieter.

— Oui, j'avais compris.

Elle se pencha pour embrasser sa joue barbue, puis nous conduisit à l'intérieur de sa maison, laissant ostensiblement l'équipe de télévision sur le trottoir.

— Euh… c'est quoi du *kamayan* ? demanda Dieter alors que nous nous dirigions directement vers la cuisine.

Je lui caressai le dos et la hanche. Je ne pouvais tout simplement pas m'empêcher de le toucher.

— C'est un bon gros repas, intervint *Lola*, agitant les mains vers la nourriture posée sur la table.

Une longue ligne de riz reposait sur des feuilles de bananier, avec des piles de légumes grillés et de viandes glacées, comme du porc et du poulet. Mon estomac rugit.

— Tu joues toujours pour Harrisburg ?

Elle croisa les bras sur son maillot de Dave Schultz.

— Oui, madame, répondit Dieter.

Je me tortillai à ses côtés.

— Toujours une équipe craignos, mais bienvenue chez moi pour faire sourire mon petit-fils si largement. Lavez-vous les mains. Allez-y maintenant, puis revenez vous asseoir.

Je le poussai du coude vers l'évier.

— Mieux vaut se laver avant qu'elle te traite de quelque chose de pire.

— Le fait de me balancer que mon équipe craint n'est déjà pas assez grave ?

— Les fans de Philly sont rudes.

J'éclatai de rire et sentis tout le poids de la vie qui alourdissait mes épaules, me quitter. Dieter rit et me vola un rapide baiser.

Puis, nous mangeâmes. Assis à la table, nous nous gavâmes avec nos doigts, comme il était d'usage pour le *kamayan*. J'étais si plein que je crus m'évanouir, bien que cela fasse également partie de la coutume.

Dieter et moi aidâmes à faire le ménage, puis nous partîmes afin de profiter d'un peu de temps pour discuter. Je savais que si nous retournions chez moi, parler serait la dernière chose que nous ferions. De toute façon, je voulais le présenter à ma ville. La camionnette avait disparu, ce qui était un point positif.

— Je suis pressé que la fin de semaine arrive, lui dis-je, alors que nous marchions vers mon scooter. Encore six jours et ils auront assez de bobines pour une saison pilote de huit épisodes.

— Que vas-tu faire s'ils renouvellent ?

— Mourir intérieurement.

Je déverrouillai le casque et le lui tendis.

— Prie qu'ils me trouvent trop voyant. Je suis fatigué des feux de la rampe. Je veux juste entraîner mes enfants et passer du temps avec mon petit ami.

— Et qui cela peut-il bien être ?

Il se tenait là, si grand et beau, casque jaune à la main, me faisant de l'ombre. J'appréciais plutôt ses taquineries, et refuserais toujours de l'admettre.

— Un certain gros crétin avec un tee-shirt des Railers. Monte.

— Il ne me supportera jamais.

Il me rendit le casque. Je le repoussai.

— Sérieusement, te rends-tu même compte à quel point nous aurons l'air stupide avec moi à l'arrière ?

— Depuis quand nous soucions-nous de ce qui pourrait paraître idiot pour les autres ?

Et cela, comme on dit, mit un terme à son refus.

Nous arrivâmes au parc Sister Cities vers midi. Des centaines de personnes, adultes et enfants, profitaient des fontaines pour se rafraîchir. J'enfermai mon casque et pris Dieter par la main. La cathédrale Saints Peter et Paul nous regarda tandis que nous passions devant un petit étang en béton rempli de petits bateaux à voiles rouges. Après acheté une boisson au café, nous cherchâmes un endroit à l'ombre, près d'une fontaine qui diffusait des jets d'eau en alternance. Plusieurs enfants en short s'éclaboussaient et jouaient dans les rigoles, alors que la circulation autour de Logan Square s'écoulait lentement.

— C'est mon parc préféré en ville, dis-je, sirotant un thé glacé.

— Il est pas mal.

Il se tourna sur le banc de béton pour me faire face, tenant son thé entre ses mains.

— On dirait que quelqu'un t'a frappé au visage.

Zut. J'aurais dû retoucher mon maquillage avant de sortir. Je mouillai un doigt et essayai de frotter la zone sous mon œil gauche. Dieter secoua la tête et abaissa doucement ma main. Ses cheveux étaient longs et chatouillaient le col de son t-shirt bleu sombre.

— La visite à Clay a été difficile, expliquai-je, mes doigts glissant le long de son bras pour jouer avec ces longues mèches.

— Veux-tu en parler ?

— Oui, mais pas maintenant. Pour l'instant, je veux discuter de nous.

Deux adolescents à vélo passèrent près de la fontaine. Je n'étais pas sûr que les vélos soient autorisés dans le parc, cependant, j'étais trop heureux pour les interpeler à ce sujet.

— D'accord. Qu'y a-t-il à propos de nous ?

Je levai les yeux vers le soleil, le ciel et les nuages blancs et moelleux qui planaient au-dessus de Philly.

— Savais-tu que te voir me donne l'impression d'être dans les nuages ?

Mon regard revint vers lui. Il inclina la tête en arrière pour regarder à son tour. Je me penchai en avant et déposai un baiser sur sa pomme d'Adam, puis me rassis aussi droit qu'un souverain.

— C'était agréable. J'aime embrasser en public.

Il semblait tellement détendu. J'aurais aimé que nous puissions rester là, à côté de la fontaine guillerette pour toujours.

— Tant mieux, parce que nous nous sommes pelotés devant des caméras de télévision. Auras-tu des problèmes pour ça ?

Je portai ma paille à mes lèvres et aspirai. Le thé était doux et citronné, parfait pour une chaude journée de septembre.

— J'en doute. Je veux dire... nous avons Tennant et Jared. Toute personne qui viendrait après eux pâlira en comparaison. Ils ouvrent la voie pour le reste d'entre nous. De plus, cela donne du boulot à Layton.

— Mmm... oui, ils le sont. Si courageux. Bon, ainsi

nous sommes désormais un couple officiel. Et je vis et travaille ici.

J'agitai une main vers la ville.

— Alors que tu vis et travailles dans la capitale de l'État. Pouvons-nous faire en sorte que cela fonctionne ?

— Est-ce que tu m'aimes ?

— Plus que des crayons pour les yeux d'Yves Saint-Laurent Couture.

Son front se plissa.

— Cela représente beaucoup d'amour alors, non ?

— Tout simplement, des tonnes.

Je me coulai plus près de lui et laissai ma tête tomber sur sa large épaule. Il glissa un bras autour de moi. J'étais au paradis, même si mon maquillage coulait et n'était pas à la mode, comme je le faisais parfois.

— Je suppose que si nous nous aimons autant, nous nous en sortirons. Nous aurons bientôt les horaires des matchs et organiserons des rencontres lors de nos matchs à domicile. Et nous jouons souvent à Philly, alors je viendrai en ville, au moins six ou sept fois au cours de la saison.

— *Lola* sera déchirée quant à savoir quelle équipe encourager. Je pense qu'elle t'aime bien.

— Oh, elle n'hésitera pas, fais-moi confiance.

Il gloussa et me serra plus fort contre lui.

— Après tout, nous ne sommes qu'à deux heures l'un de l'autre. Tu devrais peut-être acheter une voiture. Prendre ton scooter jusqu'à Harrisburg en plein mois de janvier, pourrait s'avérer être plus difficile à gérer.

— Pour toi, j'achèterai une voiture. Elle devra être flashy, cependant.

— Je serais déçu qu'il en soit autrement.

Maintenant j'étais certain qu'il s'agissait d'un véritable amour.

QUATORZE

Dieter

Je pénétrai dans l'East River Arena, et eus l'impression d'avoir été absent pendant des années. J'avais imaginé que tout serait changé, mais la seule différence résida dans le fait que l'agent de sécurité sortit de son bureau et me serra la main. Normalement, nous échangions simplement des hochements de tête et des sourires, cependant, il semblait déterminé à ce que je sache qu'il était heureux que je sois de retour.

— C'est bon de vous revoir, annonça-t-il, me secouant la main avec fureur. Les garçons auraient eu grand besoin de vous lors du dernier match.

Les Railers avaient déjà disputé deux de leurs matchs d'avant-saison, et le dernier aurait lieu demain. Ils avaient été sévèrement battus par les Bruins, qui n'auraient pas dû nous massacrer autant. Sept-trois, un score dont nous ne devrions pas avoir à nous inquiéter – il ne restait plus qu'un match de pré-saison avant de revenir au hockey sérieux, une façon de nous remettre les patins dans les os.

Pourtant… Sept-trois représentait une défaite plus lourde que prévu.

— Je n'en suis pas certain, répondis-je.

Je n'étais pas un joueur-clef comme Ten, grâce auquel l'équipe devenait plus forte, je n'étais qu'un travailleur acharné qui faisait sa part. L'agent de sécurité – Emmet, selon son badge – accordait manifestement trop de valeur à ma position d'ailier de troisième ligne.

— Notre aile gauche manque d'efficacité, déclara-t-il sans hésiter. Vous êtes un bûcheur, un meneur de jeu – dépêchez-vous de revenir dans l'équipe.

Nous nous serrâmes encore la main, et pendant un moment, je dus lutter contre ce besoin insensé de le saisir et de le serrer dans mes bras. Au lieu de cela, je lui souris et pivotai pour traverser les couloirs menant aux vestiaires. J'avais une séance de rééducation après ce premier retour sur la glace et je savais que Colin Pike serait là. L'entraîneur offensif était celui qui devait travailler sur ma condition physique. Je poserai probablement une lame sur la glace et tomberai sur le cul comme un putain de crétin.

Je me déshabillai et commençai à enfiler mon armure sous mon uniforme, prenant le temps de bien vérifier que ma genouillère était bien en place. Du patinage léger – c'était ce qu'on m'avait autorisé à faire aujourd'hui. Le doc, Colin, mon masseur, ils avaient tous affirmé que j'étais prêt à revenir sur la glace, cependant, il n'y avait pas encore de date pour que je puisse jouer lors d'un match.

Dieu merci. Je tremblais sur ce foutu genou, mais au moins, il n'y avait plus de douleur.

Quelques gars se trouvaient dans les vestiaires, je refusai de les laisser m'arrêter. Stan était là, marmonnant en russe, probablement une sorte d'incantation de gardien aux Dieux des filets, toutefois, il leva les yeux et hocha la tête lorsque j'entrai. Il y avait aussi Arvy, à moitié nu comme d'habitude, avec des écouteurs, fredonnant des airs qui sonnaient très faux. Il sortit quand même une de ses oreillettes et me serra la main.

— Heureux de te revoir, Deets, dit-il, m'attirant dans une étreinte fraternelle.

Ten entra à son tour, entièrement vêtu, se balançant un peu sur ses patins, arborant un grand sourire, ses lèvres suspicieusement gonflées, comme si elles avaient été beaucoup embrassées récemment. Ce qui fut confirmé lorsque Jared le suivit, paraissant échevelé.

— Deets ! cria Dix, me prenant dans ses bras.

Je lui rendis la pareille. Je ne savais pas pourquoi ces gars se trouvaient tous là, à cette heure indue du matin, néanmoins, je ne pouvais pas nier que j'étais heureux de les voir.

Avec mon maillot d'entraînement en place, je me dirigeai vers la glace. Colin, mon extraordinaire entraîneur offensif, était déjà là, assis sur un banc, penché sur son téléphone. Il leva les yeux vers moi et hocha la tête.

C'était l'homme qui travaillerait avec moi afin que je reste un Railer. Il tenait littéralement ma carrière entre ses mains. S'il me tournait le dos et déclarait que j'étais fini, alors ce serait fichu pour moi. Il inclina la tête vers la patinoire et je compris ce qu'il désirait.

La glace est à toi, voyons comment ça se passe.

Pendant un long moment, je me tins debout sur le caoutchouc, faisant craquer ma nuque, testant la sensation de la crosse entre mes mains, inspirant l'air glacé et souriant comme un idiot.

La première glissade, la pression de la lame sur la

glace, et il me semblait que je n'étais jamais parti. Le mouvement lisse, alors que je patinais, sans mettre trop de poids sur mon genou blessé, était apaisant et silencieux. Le froid de l'air toucha ma peau, me paraissant simplement familier et juste. Je formai des cercles paresseux, mes croisements dans les virages un peu prudents au début. Chaque fois, je poussais plus fort et prenais une bonne vitesse, et… victoire ! Je n'avais toujours pas mal.

Mieux encore, le fait d'avoir suivi des séances de cardio signifiait que je n'étais pas essoufflé… du moins, pas encore.

Je sentis la présence des autres sur la glace, et une fraction de seconde, je fus déçu de devoir partager l'espace, avant de réaliser ce qu'ils faisaient et pourquoi ils étaient là. Chacun d'eux patinait à mes côtés, même Stan, et ils y allaient lentement afin de suivre mon rythme.

J'écarquillai les yeux, mais je refusai de céder et de me mettre à pleurer comme un putain d'imbécile sur la glace.

Ils discutaient pendant que nous patinions, des rumeurs sur le hockey, sur les échanges, les équipes qui visaient la coupe, celles qu'ils souhaitaient pouvoir battre, celles qu'ils pensaient pouvoir vaincre.

La conversation devint tendue lorsque Ten mentionna quelque chose à propos de la prochaine visite de ses parents. Stan se tut et faillit tomber. Il heurta les planches et s'effondra. La première chose que vous faisiez quand un coéquipier tombait sur la glace était de les soutenir, mais il y avait quelque chose dans son expression qui nous hurlait à tous de reculer.

Ce que nous avons fait.

— Sa mère refuse de venir de Russie, confia Toly alors que nous attendions un peu plus loin.

La session se centra sur moi. Pike me fit faire quelques exercices lents. J'eus du mal, peu concentré, et j'étais loin d'être capable de jouer à un match, mais les cris des gars et leur soutien tacite me firent penser que je pourrais revenir, sans avoir à agir tel un abruti fini.

Quand je sortis de la patinoire, je me sentais plein de vie, et ce, sans avoir eu à recourir aux médicaments, et j'étais impatient de partager cette bonne nouvelle avec quelqu'un.

Dans le vestiaire, je vérifiai mon téléphone. Mes parents avaient envoyé un texto. Ma mère s'était exprimée sur la fierté qu'elle éprouvait pour moi. Mon père s'inquiétait davantage pour la douleur et avait inclus toutes sortes de questions médicales. Je leur renvoyai un message groupé avec suffisamment de réponses concernant les deux sujets pour les rendre heureux.

Puis, il y avait celui de Trent.

Un simple emoji en forme de cœur.

La veille, nous avions discuté, à propos d'agent gérant mes comptes sur les médias sociaux, puisque je me retrouvais au beau milieu de rumeurs nous concernant Trent et moi, alors même que l'émission n'était pas encore diffusée. Quelques propos graveleux pour lesquels j'avais besoin que quelqu'un s'en occupe. Son agent m'avait informé qu'elle me prendrait en charge si j'étais intéressé. Je devais encore lui donner ma réponse.

— Voulez-vous venir discuter un instant ? demanda Layton depuis l'entrée.

Ma réponse immédiate ? Non, je n'en avais vraiment pas envie, mais cette merde concernait bien plus ma vie que mon histoire de genou et le fait d'avoir été « outé », cela avait un rapport avec Marianna et son chantage.

Je hochai la tête et après la douche, je me dirigeai vers son bureau. Il avait un espace beaucoup plus grand maintenant, avec une fenêtre et ce que je remarquai, c'était qu'il ne semblait plus aussi nerveux qu'auparavant, quand je fermai la porte derrière moi. J'avais toujours eu l'impression d'être trop grand autour de lui, comme si j'étais l'un de ces joueurs de hockey géants qui l'intimidaient.

— Asseyez-vous, dit-il, glissant une tasse de café sur la table. Donc… je veux porter cette affaire devant les autorités.

— Quoi ?

J'étais horrifié à l'idée que cette histoire sorte du petit cercle des personnes de confiance que j'avais mises au courant.

— Non, nous devons nous en occuper nous-mêmes.

Layton leva une main pour m'interrompre, et je devais lui faire confiance, certain qu'il savait ce qu'il faisait. Même si mon instinct me criait de tout arrêter.

— Je voudrais déposer une plainte officielle.

Je m'adossai à mon fauteuil. Cela allait être officiel.

— Et si je me contentais de la payer ? répétai-je.

Layton contempla ses doigts et fronça les sourcils.

— Vous savez que ce n'est pas la bonne chose à faire.

— Effectivement…

— Alors, qu'est-ce qui vous fait hésiter ?

— Je n'en ai pas parlé à Trent, répondis-je après un moment.

— Ah ! murmura Layton. Vous pensez qu'il le prendra mal ?

— Non, rétorquai-je immédiatement et je savais que j'avais raison. Il ne se souciera pas de ce que j'ai pu faire avant notre rencontre, or, je ne veux pas être celui qui fout en l'air son émission, à cause de problèmes qui appartiennent à mon passé.

— D'accord, alors j'ai une autre option.

Cela m'emplit d'espoir, toute chance de trouver un autre moyen de régler ce problème était une bonne chose.

Layton ouvrit une grosse enveloppe, des photos, des papiers et un CD glissèrent sur son bureau.

— Qu'est-ce que c'est ?

Il poussa le tout vers moi et je retournai le premier cliché. Le papier était granuleux, pour autant, on pouvait clairement reconnaître Marianna en compagnie de deux gars. Je ne parvenais pas à identifier ces hommes.

— Elle l'a déjà fait auparavant, vous n'étiez pas un type choisi au hasard, avec qui elle sortait et qu'elle a cherché à piéger.

Bizarrement, cette nouvelle ne me choque pas. Marianna et moi nous étions fréquentés un total de quatre semaines environ et le sexe avait commencé dès le premier jour. Elle m'avait rapidement poussé pour accepter une troisième personne, et bon sang, j'avais été partant avec ça.

— J'étais une cible.

Layton tira quelques papiers et me tendit une autre photo.

— Son véritable nom est Susan Kenton, passeport américain, et elle est connue de la police. C'est la première fois qu'elle a pris pour cible le hockey, mais elle a déjà œuvré sur la côte ouest, jusqu'à Dallas, notamment avec les Cowboys.

Donc, Marianna n'était pas celle qu'elle prétendait être. Elle n'était pas Française non plus, juste quelqu'un qui utilisait le sexe pour gagner de l'argent. Je m'étais fait arnaquer et, d'une manière ou d'une autre, cela modifia ce que j'avais fait. Bien sûr, j'avais fait partie d'un trio – assez chaud, pour être honnête – au moins, cette cassette n'avait jamais été tournée dans le but de m'exposer devant le monde entier, juste pour me faire chanter.

— Les Cowboys ont-ils payé ?

Layton rassembla tous les papiers.

— C'est là que ça devient intéressant. Elle s'est montrée trop exigeante, et ils ont appelé les flics. Si vous faisiez la même chose, ce ne serait pas une situation où ce serait votre parole contre la sienne. Ce serait réel.

Et je devrais l'avouer à Trent. Maintenant, sans attendre.

— Et les Railers peuvent gérer ça ? demandai-je, plutôt que de me concentrer sur Trent.

Layton se redressa sur son siège.

— Si c'est ce que vous souhaitez, l'équipe trouvera un moyen de s'occuper de toutes les retombées.

Après avoir quitté l'aréna, je rentrai à mon appartement, sans m'y arrêter. Au lieu de cela, je me dirigeai vers l'est, vers Philly. Si cela devenait public, je devais l'avouer auparavant à Trent et à mes parents, dans cet ordre.

Il était sur la glace, habillé de noir, de la tête aux pieds, patinant avec une version plus petite de lui-même. Je ne pouvais pas le voir correctement de là où je me tenais, et je ne fis rien pour annoncer ma présence, me glissant à l'arrière de la patinoire et attendant la fin de la leçon.

J'aurais dû savoir qu'il me repérerait... il possédait cette capacité de pouvoir me trouver, même quand je me cachais. Il me fit signe de descendre, ce que je fis, chaque pas me donnant l'impression qu'une hache était sur le point de tomber.

Quand je l'atteignis, nos baisers calmèrent ma nervosité, cependant, je n'étais clairement pas aussi enthousiaste que je le pensais – c'était soit ça, soit Trent était foutrement intuitif.

— Quoi ? demanda-t-il avant de reculer. Qu'est-ce qui ne va pas ?

— Pouvons-nous parler ?

Il passa d'un Trent pétillant à peu sûr de lui en une fraction de seconde. Me prenant par la main, il m'emmena loin de la glace, puis dans un couloir. Il alluma les lumières et ferma la porte, et je réalisai alors que nous étions dans le bureau directorial.

— Tu devrais t'asseoir, dis-je, l'encourageant à s'installer sur la chaise.

Il me repoussa sèchement et refusa obstinément de s'asseoir.

— Si nous deux, c'est terminé, alors c'est fini ! lança-t-il catégoriquement, croisant les bras sur la poitrine. Dis-le-moi clairement et pars.

— Quoi ? Non !

Je l'attirai près de moi et un instant, je me sentis sur la bonne voie précisément parce qu'il était dans mes bras. Soudain, je me rappelai ce que je devais lui avouer. Et si ce que nous avions fait, Marianna et moi, signifiait que son émission de téléréalité serait annulée ?

— C'est de ma faute, dis-je. J'ai fait une connerie, et désormais, il existe des photos de ce trio.

Trent s'éloigna de moi et reprit sa position avec les bras croisés sur la poitrine, défensif, un peu penché. On aurait dit que je lui avais balancé un coup de pied, je m'empressai donc de tout lui expliquer.

— La femme avec qui j'étais, a tout filmé, elle cherche désormais à me faire chanter, et réclame de l'argent pour que cela reste privé. Layton m'a appris qu'elle l'avait déjà fait auparavant, que je ne suis pas le seul concerné, et je suis désolé que cela soit arrivé. Pas pour le sexe, pour avoir été filmé, et le fait que si cette histoire est révélée, cela risque potentiellement de te causer un problème.

— Tu m'as trompé, dit Trent, trop doucement, les yeux brillants, dans une posture abattue. Tu m'as menti, comme mon beau-père.

Je ne comprenais pas ce qu'il voulait dire. Je ne l'avais pas trompé, jamais je ne lui ferais cet affront, ni rien qui puisse causer le genre de douleur que son visage montrait.

— Non, merde ! C'est arrivé avant même que je te rencontre !

Il me dévisagea avec suspicion, cherchant à déterminer la véracité de ma déclaration.

— Je t'aime. Je ne te tromperais jamais, Trent. Je comprendrais que ce soit trop à supporter pour toi, si j'ai tout foiré une fois de plus.

Mon Dieu, j'avais l'air d'un maniaque, paraissant totalement hors de contrôle, et Trent qui ne répondait rien...

La première chose que je remarquai, fut que Trent se détendit, les bras désormais desserrés, et qu'il se tenait également plus droit, m'arrivant presque au menton, toujours sur ses patins.

— Toi... dans un trio, commença-t-il prudemment. Nous devrions en discuter devant la caméra. Les téléspectateurs aimeraient ça.

— Hein ?

Je savais que je me tenais là, tel un parfait idiot.

— Ou peut-être pas. Je suppose que c'est une affaire de police ?

— Si je porte officiellement plainte, tout le monde le saura.

Trent haussa les épaules.

— Tout le monde n'est pas important. *Je* suis important.

Il annonça la dernière partie de sa phrase avec un sourire narquois, et d'une certaine manière, je sus que j'avais retrouvé mon Trent.

— Tu peux prendre tout mon argent, lâchai-je brusquement. Pour la patinoire, s'il se passe quelque chose, parce que j'ai merdé. De toute façon, tu peux tout avoir.

Il cligna des yeux, puis il afficha de nouveau ce sourire, et je fus perdu. Je ne savais pas qui commença le baiser en premier, cependant, je n'oublierais pas de sitôt les branlettes mutuellement satisfaisantes, alors qu'il se trouvait toujours sur ses patins.

— Je n'ai pas besoin de ton argent, déclara-t-il.

— Tu l'accepteras quand même si la patinoire est durement touchée par tout ça ?

Il aurait pu refuser, en rire ou prendre chaque centime que je possédais. Il n'en fit rien.

— Je le ferais pour les enfants, concéda-t-il.

Mon premier match, contre des Flyers très physiques, aurait dû me rendre nerveux, étonnamment, ce ne fut pas le cas. J'étais gonflé à bloc, plusieurs jours avant. Dès qu'ils annoncèrent que je pouvais commencer le 23, j'étais là, à la fois mentalement et physiquement. Je n'avais encore rien entendu d'officiel à propos de Marianna, néanmoins, j'avais fait une déposition et Trent était resté tout le temps auprès de moi.

Nous avions dîné en début de soirée, la veille du match – une sorte de présentation officielle avec la famille, qui se déroula bien. Je refusai cependant de déclarer que c'était un rendez-vous parfait, Trent avait amené sa *Lola* et mes parents avaient dû faire face à mon petit ami flamboyant et à sa grand-mère tout aussi colorée, habillée de la tête aux pieds en orange.

— Alors, vous êtes des fans des Railers ? demanda Lola, avec le plus grand mépris possible dans la voix.

— Je suis fan de l'équipe pour laquelle mon fils joue, rétorqua Maman, comme si elle défait *Lola* de lui répondre.

— Moi aussi, lança Trent, serrant ma main sous la table.

Toutefois, cela ne s'était pas arrêté là, parce que *Lola* s'était tournée vers mon père, qui, je pense, se trouvait en état de choc. Il était habitué depuis longtemps à ce que son fils ait à la fois un petit ami et une petite amie, néanmoins, il n'en avait jamais rencontré un comme Trent auparavant. Il s'était montré poli, et avait commencé à le dévisager quand il pensait qu'il ne voyait pas. Je me sentais un peu mal à l'aise.

— Et vous ? demanda *Lola* à mon père, dont les yeux s'écarquillèrent à la question directe.

Je savais que le cœur de mon père allait à Vancouver et

qu'il appréciait les autres équipes canadiennes, mais il maîtrisait parfaitement les gens qui géraient ma carrière.

— Flyers, sans l'ombre d'un doute, mentit-il.

Lola le fixa, puis se fendit d'un large sourire.

— Vous êtes bon menteur, M. Lehmann.

Je posai ma main sur la table, celle de Trent toujours agrippée à la mienne et me joignis aux éclats de rire, ayant le sentiment que rien, dans ma vie, ne pouvait mal tourner.

Bientôt, il faudrait que je parle de Marianna à maman et papa, et au moment où je le ferais, ce sera peut-être alors plus qu'un souvenir de merde. J'avais des priorités dans la vie, elles ne concernaient pas les ex-escrocs qui en voulaient à mon argent.

Le dîner finit à vingt heures et nous nous séparâmes, moi, retournant à mon appartement sans Trent, mais pas avant de l'avoir embrassé pour lui dire au revoir.

— À demain, dit-il, puis il m'adressa un signe de la main depuis le taxi.

Je voulais lui demander de venir à la maison avec moi, cependant, j'avais besoin de dormir et quand j'étais avec Trent ? Il était hors de question de dormir.

Quand je rentrai chez moi, dès que la porte se referma et que je me retrouvai seul, ce qui se passerait le lendemain me submergea par surprise et je dus m'asseoir.

Demain je m'élancerai sur la glace et je voulais désespérément que tout se passe bien. Je ne pouvais pas envisager la possibilité que certains durs à cuire surveillent, cherchent à me balancer dans la bordure, me blessent, me fassent sortir. Je devais rester concentré. J'étais rapide, j'étais en forme, j'étais en troisième ligne. Je pouvais y arriver.

— Tu peux y arriver, m'assura Ten quand il revint vers les bancs.

Il me l'avait déjà répété deux fois auparavant, bien que cette fois-ci, il paraisse revigoré par l'enthousiasme de son premier quart temps joué et par son tir au but. Le palet n'était pas entré, mais ce n'était pas important. Je pouvais sentir jusque dans mes os que ce n'était qu'une question de temps.

Je levai les yeux vers l'endroit où je savais que Trent était assis, juste à côté de mes parents. Je leur avais acheté moi-même les billets quand ils avaient demandé à s'asseoir avec tout le monde et non, à des kilomètres de là, dans une cabine privée. Je discernai *Lola*, un point orange vif dans une mer d'un bleu sombre.

Je sentis un tapotement sur mon épaule, puis entendis l'annonce du changement de ligne.

Et d'un mouvement fluide, sans heurts, je franchis le rebord de la piste, et jouai mon premier match depuis des mois.

QUINZE

Trent

—

— Dépêche-toi ! Nous avons déjà manqué l'hymne !

Lola tira sur mon bras, me guidant à travers la foule de fans des Railers. Ils s'écartèrent mais nous fixaient de leurs regards furieux. Cependant, il était difficile de déterminer s'ils me dévisageaient à cause de ma tenue chic ou de ma grand-mère dans son attirail des Flyers.

— Hey, pourquoi ne retournerais-tu pas à Philly ? cria un homme portant deux bières.

Devinez qui a répondu à cela ?

— Pourquoi n'allez-vous pas sucer des œufs pourris ? riposta ma petite grand-mère. Nous allons battre votre cul ce soir ! Vous verrez !

— *Lola*, oh mes Dieux ! Veux-tu arrêter de te disputer avec les fans des Railers ?

Je me faufilai devant elle et l'éloignai délibérément de l'homme avec les bières, afin de nous diriger vers nos sièges.

— C'est lui qui a commencé, cria-t-elle, relevant

fièrement le menton. Je me chamaillerai contre eux tous. Venez me chercher, petit homme au gros ventre de bière et à la petite bite !

— *Lola* !

Je sentis une vague de chaleur remonter dans mon cou.

— Je te jure que si tu te querelles comme tu l'as fait l'an dernier à domicile, je vais me fâcher contre toi.

— Hey, la dernière fois, c'était aussi ce gars qui l'avait cherché. Il venait de Jersey.

Je montrai nos billets à un gentil homme vêtu d'une veste alors que *Lola* grommelait à propos de gens venant de Trenton ou de quelque chose du genre.

— Pourquoi a-t-il traversé la rivière de toute façon ?

— Peut-être qu'il était là pour voir son petit ami jouer dans son premier match après un été horrible ?

— Non, je ne pense pas qu'il ait un ou une petite amie. Je pense plutôt qu'il n'avait que sa main.

Le gars en gilet ricana.

— Ne rigolez pas, ça ne fait que l'encourager, murmurai-je, puis nous descendîmes dans la mer de maillots bleu sombre.

Merveilleux. Ma grand-mère était la seule personne en orange. Nous aurions de la bière sur la tête avant la fin de la première période.

Mon ventre était totalement retourné. Les parents de Dieter étaient présents et, bien qu'ils se soient montrés gentils la veille, le père de Dieter n'avait certainement pas cédé. Ils me détestaient, je le savais bien, j'avais donc abaissé ma flamboyance habituelle de quelques gigawatts. Je portais simplement le maillot que Dieter m'avait offert, avec son nom et son numéro dans le dos, un jean foncé et de jolis petits mocassins avec de la polaire à l'intérieur.

Mon eye-liner et mon gloss étaient réduits au strict minimum, mes cheveux n'étaient pas colorés et du gel les retenait en arrière, loin de mon visage. J'étais ennuyeux. Mais il était préférable de l'être quand vous deviez faire face aux parents.

— Tu vois, je t'ai bien dit que nous avions manqué l'hymne.

— Désolé.

Je me tortillai autour d'un homme de grande taille avec une assiette de nachos, puis m'arrêtai à notre rangée.

— Je sais que tu aimes chanter l'hymne, toutefois, je n'avais aucun moyen de prédire l'accident survenu près du capitole, et qui nous a retardés. Ah ! Les voilà !

Mon estomac se retourna. Les parents de Dieter levèrent les yeux. Je voulais retourner à Philly. Au lieu de cela, je leur adressai un petit signe du bout des doigts.

— Arrête de t'en faire. Ils t'aiment, tout comme moi, bébé.

Lola me poussa et je trébuchai sur les pieds d'une femme assise à côté d'un homme noir et mince.

— Regarde, voilà mon homme !

Lola fit signe à son joueur préféré alors qu'il passait devant elle.

— Excusez-moi.

Je passai par-dessus leurs pieds, tirant doucement ma grand-mère derrière moi et me dirigeai vers nos sièges.

— Bonjour.

Je tendis la main à la charmante femme qui possédait les mêmes yeux que Dieter. L'homme à ses côtés me jeta un long regard étrange, et une fois fini, il me fit un grand sourire et me serra la main.

— Hey ! Penses-tu t'asseoir bientôt, rayon de soleil ? cria un homme derrière nous.

— Trent, nous sommes ravis de regarder ce match avec vous, déclara Mme Lehmann, lorsque je laissai tomber mon cul sur mon siège.

Lola était toujours debout, les bras levés au-dessus de la tête, chantant en direction les Flyers, alors qu'ils se rassemblaient au centre de la glace.

— GO PHILLY ! LES RAILERS SONT SILLY ! rugit *Lola* à pleins poumons.

Mme Lehmann gloussa.

— J'ai préparé cette phrase, juste pour ce match, ajouta *Lola*, puis elle s'assit, les yeux brillants.

— Je suis désolé pour notre retard. Il y a eu un accident qui nous a bloqués pendant trente minutes. J'ai cru que *Lola* allait exploser.

Je retirai mon manteau bleu foncé et le posai sur mes genoux.

M. Lehmann continuait de me jeter des coups d'œil furtifs, derrière sa femme. Il essayait probablement de se faire à l'idée que son fils était amoureux d'un homme plus maquillé que sa femme. Il avait dû s'y habituer depuis la nuit dernière, toutefois, je savais que cela pourrait prendre plus de temps.

— C'est bon. Vous êtes arrivés juste à temps pour le changement de première ligne, annonça Mme Lehmann, me montrant la glace.

Dieter nous trouva parmi tous les fans. Son regard effleura le mien. Je bondis sur mes pieds et agitai mes bras en l'air. Un petit sourire en coin orna sa bouche. Mes étoiles, cette bouche... J'avais des projets pour elle – et d'autres parties de son corps brûlant – plus tard. Réserver des chambres d'hôtel pour *Lola* et moi avait été une idée brillante, décidai-je, m'auto-congratulant. Elle pourrait ronfler dans sa chambre, pendant que Dieter et moi pourrions baiser dans la nôtre.

— Hey, mon pote, assieds-toi ! aboya un fan des Railers.

Je m'empressai de m'asseoir.

Je restai assis sur le bord de mon siège pendant plusieurs minutes, essayant de suivre le rythme de l'action. Ce n'était pas facile et je pouvais bien avouer que ma connaissance du jeu était, au mieux, limitée. J'avais gardé mes distances avec les joueurs de hockey par le passé. Quelle ironie que je sois maintenant éperdument amoureux de l'un d'eux.

— Surveille ton homme dans les coins. Il est doué là-bas. Féroce, affamé...

— D'accord. Regarder dans les coins.

Je fis ce que *Lola* m'avait recommandé et je fus en mesure de distinguer une sorte de modèle dans la façon dont les choses se passaient. La plupart du temps... Enfin, quelque peu… Je ne comprenais toujours pas pourquoi ils arrêtaient de jouer pour patiner. Ni comment une personne pouvait être hors-jeu. Cette règle n'avait aucun sens. Néanmoins, je m'amusai quand même. Dieter et les Railers avaient l'air bien.

— Peuh ! lâcha *Lola* quand je lui en parlai. Premier quart, toujours mauvais. Nouvelles lignes, nouveaux joueurs. Ils ne sont pas à l'aise avant peut-être le dixième quart de la saison.

Je montrais ce que je savais. Pendant l'entracte, je

grimpai par-dessus ma grand-mère, visitai les toilettes et nous achetai à chacun une bière et une assiette de nachos. Au moment où je revins à mon siège, la deuxième période était déjà en cours.

— Dieter vient de tirer une pénalité, m'informa Mme Lehmann lorsque je fus installé à ma place.

— Oh non ! Qu'a-t-il fait ?

Je jetai un coup d'œil au banc des pénalités, mais il ne s'y trouvait pas.

— Oh, il est sournois ton homme ! grommela *Lola*, avant de fourrer un nacho au fromage dans sa bouche.

Je sirotai ma bière et regardai la rediffusion. *Oh, alors tirer une pénalité, c'est...*

— Je suis confus, confessai-je à Mme Lehmann.

— Il a poussé le joueur de Philadelphie à l'accrocher.

— Oh, et bien yay !

Je sautillai sur place, avec précaution pour ne pas renverser ma bière sur mes vêtements.

— Et obliger quelqu'un à vous accrocher est bon ?

— Oui, vous voyez, maintenant ils bénéficient d'une supériorité numérique, expliqua Mme Lehmann. Cela signifie qu'ils ont un homme de plus, tandis que l'autre équipe a un homme de moins. Cela leur donne un avantage.

— CE N'EST PAS UN CROCHET ! TU ES AUSSI AVEUGLE QU'UNE CHAUVE-SOURIS !

Je grimaçai aux cris de colère de *Lola*. Les joueurs des Railers se parlaient entre eux avant la remise en jeu. Tennant Rowe était là-bas, tout comme Dieter, ce qui était excitant. J'adorais le regarder jouer. Je me demandai s'il aimait me voir patiner. Je devrais lui poser la question.

Soudain, la situation devint frénétique sur la glace. Les

Railers déferlèrent vers le filet de Philadelphie, s'échangeant la rondelle à plusieurs reprises devant le gardien des Flyers. La défense de Philadelphie semblait éprouver des difficultés devant l'unité qui se trouvait là-bas. Je pouvais comprendre pourquoi. Toutes ces discussions sur Tennant Rowe étaient exactes. Il semblait posséder un sixième sens quant à l'endroit où le palet serait et, d'une manière ou d'une autre, il était toujours au bon endroit.

— GAH ! QUE QUELQU'UN SORTE ROWE DU BUT !

Lola était hors d'elle. Les autres gens de l'arène étaient ravis.

Tennant passa la rondelle à Dieter, qui était très éloigné du but. Les hommes en orange vif se tournèrent pour accorder toute leur attention à mon homme. Dieter ajusta son tir, qui passa deux Flyers, rebondit sur un autre et retrouva le bout de la crosse de Tennant Rowe. La rondelle fit cette manœuvre funky et bancale alors qu'elle survolait le gardien des Flyers, retombait derrière lui et roulait au fond du but. L'East River Aréna vibra sous les cris de joie et au son du cor incroyablement puissant qui annonçait le but. Les parents de Dieter et moi nous étreignîmes, applaudissant et criant.

— Pfff ! Coup de chance.

Lola agita son poing lors de la rediffusion du but des Railers sur le Jumbotron.

— Dieter s'en sort bien avec de l'aide, concéda-t-elle, puis elle cria quelque chose à l'arbitre en Pilipino.

J'étais ravi de voir Dieter faire un petit nœud sur la glace, les autres hommes de son équipe et lui frappant Tennant sur son casque. Il avait l'air tellement heureux. Et en bonne santé. Cela me chatouillait intérieurement de le voir faire ce qu'il aimait tant.

À la fin de la seconde manche, les Flyers avaient fait match nul, puis, ils avaient fini par perdre après que Tennant ait marqué grâce à l'un des autres attaquants, dont le nom m'échappait. Il était bien plus de vingt-trois heures, lorsque Dieter fut libéré des vestiaires et des discussions avec la presse. Ses parents et moi, nous nous attardâmes à l'extérieur de l'aréna pour bavarder, tandis que *Lola* était assise dans ma nouvelle Prius jaune pétant, elle mangeait un bretzel tout en écoutant la radio.

Je pensais qu'il saluerait ses parents en premier, mais il marcha droit vers moi. Il avait l'air incroyable. Il y avait un petit quelque chose à propos d'un homme en costume... Ses cheveux étaient humides avec sa douche d'après-match et ses yeux brillaient comme des émeraudes brûlantes. Sa main se posa sur ma nuque et il appuya ses lèvres contre les miennes. Le baiser fut un peu rapide, puisque ses parents étaient là. Il relâcha mon cou, avant de prendre ma main et de se tourner pour parler à ses parents. Sa mère, qui était adorable – une patineuse artistique en plus, alors, bien sûr, elle était précieuse - semblait accepter cet amour homosexuel. Son père... eh bien, il ne se montrait pas brusque, ni quoi que ce soit, cependant, on pouvait aisément deviner qu'il était toujours en train de digérer la situation. Et c'était cool. Je savais que je représentais un choc pour certaines personnes.

— Je pensais que nous pourrions nous retrouver tous demain matin pour le petit-déjeuner, lança rapidement Dieter lorsque sa mère lui proposa d'aller boire un verre. Je suis sûr que la grand-mère de Trent est épuisée. Elle est vraiment vieille.

On pouvait entendre *Lola* chanter avec Bon Jovi au sujet d'une mauvaise médecine.

— Ouais, elle a fini pour ce soir, affirmai-je, puis je détournai les yeux.

Le mensonge était grossier, néanmoins, Mme Lehmann l'accepta. Ou peut-être avait-elle compris que nous voulions juste un peu de temps seuls. Cela faisait deux semaines que nous ne nous étions pas vus, d'autant que ma patinoire commençait à engloutir tout mon temps libre. Je n'allais pas me plaindre : l'argent restait de l'argent, et comme je ne savais pas trop si je serais payé pour l'émission télévisée puisque je m'étais montré très autoritaire devant la prison, j'avais besoin de chaque centime que je pouvais avoir.

— Un petit déjeuner, ce sera fabuleux ! ajoutai-je.

— D'accord, pour le petit déjeuner, alors.

Mme Lehmann embrassa son fils.

Dieter et son père se serrèrent la main. Il parlait de passes décisives et d'une bonne vérification, alors que nous essayions de nous libérer.

Dix minutes plus tard, nous nous séparâmes et nous dirigeâmes vers l'hôtel. C'était un bel endroit qui surplombait la rivière. J'accompagnai *Lola* à sa chambre, puis courus dans le couloir afin de rejoindre la mienne, mon sac de voyage rebondissant dans mon dos. Dieter patientait juste devant ma porte, les mains dans les poches. La tension sexuelle était si épaisse dans le couloir que vous pouviez la sentir sur votre peau, tel un brouillard par une nuit fraîche.

J'insérai ma carte-clef et entrai. Dieter suivit, ferma la porte et alluma une lumière. Une petite lampe posée sur une longue commode s'éclaira. Je laissai tomber mon sac par terre, me tournai pour regarder Dieter et commençai à me déshabiller. Il en fit de même. Son sac de sport vola vers un fauteuil à l'aspect rembourré, installé dans un coin, puis il entreprit de se dévêtir. La cravate d'abord, ensuite la veste, chemise et tee-shirt, chaussures, chaussettes, ceinture, pantalon et ensuite son petit slip sexy. Au moment où son sexe fut en vue, j'avais déjà le mien en main, le caressant de la base à la pointe.

— Viens ici, dis-je, et il obéit sans hésiter.

Ses doigts s'ajoutèrent aux miens, resserrant l'étau sur mon érection. Des tremblements de plaisir me traversèrent. Mon regard se posa sur cette bouche. Il était temps de la mettre à l'ouvrage.

— Je veux que tu t'agenouilles et que tu me suces pendant un moment. Ensuite, tu iras t'installer sur ce lit pour m'offrir ce joli petit cul.

Il grogna, vola un baiser profond, puis se laissa tomber à genoux.

— Ça va aller ? demandai-je, alors que le nuage de désir se levait l'espace d'une seconde.

Peut-être qu'un homme qui venait de suivre des séances de rééducation après une opération du genou ne devrait pas prendre cette position. Je faisais un terrible petit ami.

— Arrête de t'inquiéter et profites-en.

Il lécha une ligne chaude, allant de haut en bas sur mon membre, puis fit rouler sa langue sur le gland, en prenant soin de laper les fluides le recouvrant. Mes yeux se fermèrent. Dieter m'aspira, me prenant aussi profondément que possible. Je roulai des hanches, enfonçai mes doigts dans ses cheveux humides et pompai dans sa bouche. Ses yeux restèrent rivés aux miens. C'était beau et sale et si foutrement érotique que je dus ressortir plusieurs fois afin de bloquer l'orgasme imminent.

— Veux-tu que j'aille sur le lit maintenant ? demanda-t-il lors d'un de ces arrêts.

Je hochai la tête tandis que je m'efforçais de calmer ma respiration. Il se leva avec aisance, me lécha la bouche, puis rampa sur le lit, le cul haut et fier. La vue de cette ouverture étroite et de ses balles pendantes me fit vaciller alors que je cherchais le lubrifiant et les préservatifs dans mon sac de voyage.

— Trent, dépêche-toi. J'ai besoin que tu me baises.

— Pas de précipitation, répondis-je, roulant le préservatif sur moi.

Un genou sur le lit, puis l'autre. Le poids du joueur de hockey qui s'offrait si délicieusement creusait profondément le matelas au centre. Il fit tournoyer ses hanches lorsque ma queue effleura son cul, un long et faible gémissement de désir retentit.

— Si, putain ! De la précipitation ! J'ai besoin de toi en moi, souffla-t-il, reposant sur ses coudes.

Les oreillers glissèrent sur le sol. J'ouvris le capuchon du lubrifiant. Il gémit au son. Les doigts aussi lisses que mon sexe, j'en poussai deux en lui. Il se cambra, sa colonne vertébrale s'inclina comme un chat d'Halloween. Je jouai un peu avec son cul, insérant le lubrifiant, appuyant sur sa prostate, profitant de la vue et du son de mon doigté.

— Trent, putain de merde, mec !

— Tu veux vraiment être baisé, n'est-ce pas ?

Je ressortis mes doigts et me pressai contre lui, mon sexe glissant entre ses globes tendus.

— Dis-moi à quel point tu veux l'être.

— Bordel, Trent, j'ai tellement besoin de toi, lâcha-t-il, d'une voix grave et rauque.

Je fis courir mes doigts sur ses côtés. Il frissonna, sa peau se hérissant de chair de poule.

— Baise-moi. Fais-le maintenant avant que je jouisse sur ma main.

Je saisis mon érection et poussai le bout en lui. Il y eut une certaine résistance au début, puis ses muscles intérieurs se détendirent et je le pénétrai de plus en plus profondément. Dieter attrapa l'arrière de sa tête à deux mains lorsque j'agitai mes hanches, un plaisir intense remplissant la chambre d'hôtel trop chaude.

— Bon sang, Trent...

— Je sais, haletai-je.

Le pur plaisir d'être joint à lui allait au-delà de toute description, aussi n'essayai-je pas de former des mots pour parler. Mon corps parla pour moi. Je lui laissai les rênes pour faire à sa guise.

Le rythme que nous adoptâmes devint vite sauvage, frénétique. Dieter se mit à jouir alors que j'allais et venais, ses mains toujours bloquées derrière son crâne. Sa crispation soudaine autour de moi me précipita vers l'orgasme. Je plongeai profondément, le redressant contre moi et je tombai de la falaise.

— Oh... merde... oh...

Il toussa, ses jambes fortes étant la seule chose qui nous empêchait de nous effondrer sur le lit. Ma colonne vertébrale et tous les autres os de mon corps étaient désormais complètement ramollis. Mon sexe eut un sursaut en lui, je m'inclinai sur son dos et mordis son épaule.

— Bordel... bébé... ouais, chantonna-t-il avec passion.

Mon membre glissa hors de lui, et je tombai sur lui

avant de m'effondrer, frissonnant sous l'effet des répliques de mon orgasme qui me saisissaient toujours.

— Ô Dieu tout-puissant, murmurai-je, attrapant mon sexe pour lui donner un dernier coup lent.

Dieter se mit à plat ventre au milieu des couvertures et des draps renversés.

— Oh merde, j'en ai fichu partout, se plaignit-il, sans bouger. Pouvons-nous appeler le service de nettoyage à minuit pour qu'on nous mette des draps propres ?

Les couvertures étouffèrent sa voix.

— J'en doute.

Il roula vers moi, son poids m'épinglant au lit alors qu'il luttait pour que la zone humide soit recouverte de l'une des quatre couvertures que les hôtels mettaient toujours sur les lits.

— Tu es lourd, dis-je, avant de me dégager.

Il gloussa.

— Tu aimes ça. Tu t'excites en pensant à la façon dont je peux te jeter sur le lit, ne le nies pas.

Je n'en fis rien. Je ne pouvais pas mentir. J'aimais qu'il soit si grand et moi, si petit.

— Vrai, tout est vrai.

Il m'attira vers lui, me rapprochant afin de m'enfoncer dans le matelas et m'embrassa si tendrement que je ressentis le besoin de pleurer.

— Je t'aime, Trent.

— Je t'aime aussi.

Ses yeux étaient humides à présent.

— Je suis sérieux. Tu es resté à mes côtés pendant cette merde affreuse.

— Je suis un spectateur, que puis-je dire ?

Je suivis ses lèvres, avide d'obtenir plus de ses baisers.

— Dis que tu resteras à mes côtés.

Il recula pour me regarder dans les yeux.

— Toujours, bébé, toujours.

Je levai la tête des draps froissés. Cette fois, je réussis à attraper un baiser, deux ou vingt.

SEIZE

Dieter

Lorsque l'appel arriva, je l'attendais. Layton m'avait averti qu'il avait discuté avec son homologue de Dallas, et que le filet se refermait sur Marianna, ou plutôt Susan Kenton – je ne savais plus comment l'appeler dans ma tête désormais. Elle était un maître-chanteur en série, pourtant j'étais resté avec elle pendant un mois, comment diable avais-je pu me faire surprendre dans une telle situation ? Je ne me souvenais pas du moment spécifique où j'avais commencé à douter d'elle, me disant qu'elle jouait un personnage. Je sais simplement que vers la fin de notre histoire, elle s'était montrée très intéressée par la possibilité d'entrer en contact avec les Railers.

J'étais prêt à parier qu'elle s'attendait au genre d'argent que les meilleurs joueurs touchaient, or mes revenus de moins d'un million par an devaient lui paraître piteux, toutefois, elle désirait quand même en récupérer une bonne partie.

— Ça va ?

Connor était appuyé contre le même mur que moi, et

m'envoya son coude dans les côtes. Il était manifestement présent en guise de représentant, ou de soutien, fait, qui fut confirmé quand Toly arriva également. Mon capitaine *et* le représentant des joueurs ? J'aurais peut-être dû appeler mon tout nouvel agent pour qu'elle vienne nous retrouver dans la salle aussi.

— Je vais bien, répondis-je, dansant d'un pied sur l'autre, désirant vraiment entrer dans le bureau de Layton pour connaître enfin le fin mot de cette histoire.

— Tu parles d'une saison, dit-il sèchement. Ce qui s'est passé avec Ten et Jared, et maintenant toi avec ton chantage…

— Et le fait que tu couches avec le beau patineur artistique, ajouta Toly avec un petit rire. J'aime ton beau garçon.

Je lançai un rapide coup d'œil au Russe. Je ne parvenais jamais à déterminer s'il plaisantait ou non, il arborait toujours un visage qui ne laissait rien transparaître.

Connor se racla la gorge pour un effet plus dramatique et Toly se mit à rire encore plus fort.

— Il est très doué sur ses patins, indiqua Toly. C'est tout.

Connor jura dans sa barbe et Toly lui renvoya quelque chose, ils se chamaillèrent et se taquinèrent, et cela m'emplit d'une sensation de chaleur familière.

J'aimais être ici. Je voulais absolument garder ma place dans ce groupe, je désirais passer ma carrière à jouer ici. Bien entendu, cela n'arriverait pas. Je ferai mes preuves ici ou ils me lâcheraient. Ou plutôt, je serais échangé. Peu importe ce qui arriverait, j'étais ici à présent, et après ma victoire contre Vancouver et les félicitations épiques que papa m'avait accordées, je me retrouvais en bonne position.

Je n'étais même pas trop nerveux à propos de cette réunion.

Ou du moins, je ne l'étais pas autant que j'aurais pu l'être.

— As-tu entendu cela ? demanda Connor, assez bruyamment pour interrompre mes divagations internes.

— Quoi ?

— Toly portera un costume pourpre et vert au mariage.

Il était manifestement choqué par cette découverte, et il y avait de quoi. Il était de loin le type le mieux habillé de l'équipe, avec des tenues de grands couturiers et sa barbe toujours bien taillée. Il avait fait la une de quelques magazines sportifs, et même une couverture de GQ où j'avais été déçu d'apprendre qu'il était hétéro.

Le mariage était l'occasion de l'année pour les Railers, entre la femme qui s'occupait de notre marketing, Emma, et son fiancé, Paul. Nous avions tous été invités.

Je cognai mes poings contre ceux de Toly.

— Trent a marmonné un truc à propos d'une tenue écarlate.

Connor leva les yeux au ciel.

J'ouvrais la bouche pour leur parler de mon costume bleu marine et la chemise qui allait avec, mais la porte du bureau de Layton s'ouvrit.

— Suis-je en retard ?

Gayle, l'agent de Trent et désormais la mienne aussi, se tenait là, paraissant avoir gravi cinq volées d'escaliers.

— Je ne vous attendais pas, lançai-je sans conviction.

— Trent m'a informée que vous aviez une réunion.

Vous devriez commencer à me transmettre ce genre de détails, espèce d'idiot !

Elle gifla mon bras et entra dans la pièce. Je la suivis, effrayé par son reproche et l'atmosphère qui régnait dans la pièce. Tout le monde avait l'air si sérieux.

— Quoi ? dis-je, fixant directement Layton, qui se tenait derrière son bureau.

— Elle a plaidé coupable, répondit-il.

Une seule phrase, sans effets de manche ni explications. Je me sentis perdu, ne sachant pas quoi répondre.

— Que cela signifie-t-il ? s'enquit Connor, exprimant ce que je voulais savoir sans pouvoir le faire.

— C'est terminé. Il reste à recueillir certaines déclarations, toutefois, elle cherche à négocier et nous pourrions nous en sortir sans que votre nom soit légalement attaché à cette histoire.

— Cela ne l'empêchera pas d'être rendue publique, déclara Gayle.

J'étais à présent reconnaissant de sa présence, ainsi que de celle de Connor.

— Non, effectivement, pour autant, il n'y aura pas de publication de la vidéo, ni des photos, ni de demande d'argent, donc je pense que nous pouvons appeler cela une victoire.

Même trente minutes plus tard, sur la glace, alors que j'exécutais mes exercices, j'étais encore abasourdi – à tel point, que je faillis me retrouver dans le filet, manquant de peu un Stan très irrité. Il me repoussa avec force, loin de sa cage, ce qui me fit tomber, me dominant de sa taille, me réprimandant dans un mélange d'anglais de base et de russe. Je restai juste là, acceptant son engueulade, et lorsqu'il cessa de parler, attendant de toute évidence que je commente ses paroles, je me levai et le serrai dans mes bras. Après quelques secondes, il me tapota le dos.

Nous nous séparâmes et je m'éloignai, rejoignant les gars qui attendaient à l'autre extrémité.

— Que s'est-il passé ? demanda Ten, inclinant la tête vers Stan.

Je haussai les épaules.

— J'ai patiné trop près de lui, il n'a pas aimé, et m'a balancé des conneries que je n'ai pas comprises et nous nous sommes étreints.

L'entraînement était destiné à améliorer nos compétences et nos étirements, et nous déjeunâmes dans un restaurant local après notre session. La vie avec mes coéquipiers et mes amis se déroulait bien.

Cependant, Trent me manquait.

— Mes aïeux ! Qui t'a appris à faire un nœud de cravate ? demanda Trent.

Il tenta de le refaire pour moi, mais notre différence de taille n'aidait pas, puisque je me retrouvai les genoux fléchis, et lui, dressé sur la pointe des pieds. Au final, il jura dans sa barbe et grimpa sur la table basse, d'où il me dépassa légèrement. De cette manière, il pouvait se concentrer pour que ma cravate saphir soit aussi parfaite qu'il le voulait.

— Tu sais, je fais mes propres nœuds depuis des années maintenant, déclarai-je.

Non pas que cela me gêne qu'il soit si près de moi, ajustant ma tenue et tripotant mes vêtements. En fait, j'ai peut-être volontairement fait en sorte que mes habits ne soient pas parfaits aujourd'hui, dans le seul but qu'il vienne à mon secours.

D'aussi près, je pouvais voir la chaleur de ses yeux bruns, les couleurs qui ornaient ses paupières et le contour de son eye-liner. Il avait mis du gloss sur ses lèvres – c'était la troisième fois, parce que je n'arrêtais pas de l'embrasser. Je ne pouvais pas m'en empêcher, ses lèvres toutes glissantes étaient alléchantes. Il redressa un peu ma cravate, puis claqua de la langue juste avant que je l'embrasse à nouveau.

— Arrête ça ! ordonna-t-il, bien qu'il n'y ait aucune colère dans ses paroles et il approfondit le baiser.

Je le soulevai et il enroula ses jambes autour de moi.

— Nous devrions nous embrasser un peu plus, déclarai-je, tentant de mettre mon affirmation en pratique.

Il évita mon baiser et se dégagea de mon étreinte.

— Nous allons être en retard, lança-t-il, examinant ses lèvres dans le miroir et appliquant une nouvelle couche de gloss. Je le fixais comme je le faisais chaque fois qu'il retouchait son maquillage et surpris une touche de brillant sur mes propres lèvres. Je n'étais pas tout à fait prêt à paraître en public avec des lèvres brillantes, je les essuyai donc avec un mouchoir en papier, bien que je sois certain qu'il ne me faudrait pas longtemps avant que je plaque de nouveau ma bouche sur la sienne.

Lorsque nous arrivâmes, je repérai immédiatement Toly dans son costume violet et vert. Il avait l'air beau, et bien sûr, Connor était à l'avant-plan et ressemblait au modèle de chez GQ qu'il était. Ten et Jared se tenaient par la main, et Layton se trouvait si près d'Adler qu'il ne faudrait pas longtemps avant que leur secret s'ébruite.

Quant à moi, je saisis la main de Trent et le tirai vers le groupe. Il y avait sa place, en dépit de son costume écarlate, de ses cheveux noirs striés de mèches rouges et de son maquillage. Il était un patineur – la glace était sa maîtresse, de la même manière que pour nous tous.

Le mariage fut magnifique, comme tous les mariages, et après, nous nous retrouvâmes chez Connor pour une surprise. Il refusa de nous révéler quoi que ce soit, et vu que Trent l'avait organisée, Dieu seul savait à quoi nous attendre.

On nous servit du champagne – juste un verre minuscule, parce que Connor était toujours si responsable – et il nous demanda ensuite de prendre place dans sa petite salle de cinéma personnelle. Oui, il était ce genre de joueur, avec un cinéma à domicile et un large écran, et il avait même fait installer des sièges supplémentaires, bonne idée, étant donné qu'il y avait des joueurs de hockey éparpillés partout. J'eus la chance d'obtenir l'un des fauteuils de cinéma et Trent décida de s'asseoir sur mes genoux.

Depuis notre arrivée, il s'était montré un peu nerveux, et je le serrai contre moi, quelqu'un lui avait peut-être fait une réflexion, à moins qu'il ne soit inquiet pour une raison quelconque, par ce qui se passait ici.

— Qu'est-ce que c'est ?

— Ils vont se moquer de moi, murmura-t-il d'une voix étranglée par l'émotion. S'il te plaît, ne te sens pas trop embarrassé.

— Je ne comprends pas, rétorquai-je, et je n'eus pas le temps d'ajouter quoi que ce soit d'autre, parce que Connor éteignit les lumières et prit place.

— Prêts ? demanda-t-il et nous hochâmes tous la tête,

avant qu'une vague de « oui » s'élève à l'unisson, parce que les joueurs de hockey n'étaient pas stupides – nous en étions tous venus à la même conclusion : il faisait sombre donc personne ne verrait nos gestes de la tête.

L'écran s'illumina, diffusant une image flashy de diamants scintillants qui se transformèrent en glace sous le soleil, avant de passer à une patinoire.

— Cet hiver, déclara la voix, digne d'un documentaire télévisé. Rejoignez Trenton Lawrence, patineur artistique olympique, alors qu'il tentera de maîtriser une équipe de joueurs de hockey…

Oh ! C'est l'émission, ou du moins, une sorte de bande-annonce.

Le visage de Trent apparut, il était souriant, puis l'image zooma sur nous, les grands hockeyeurs intimidants qui le dominaient. Nous nous tenions en demi-cercle, comme si nous avions été délibérément placés dans cet ordre, je me rappelai qu'ils m'avaient positionné à côté de Stan, pour une histoire d'équilibre, ou quelque chose du genre. Cette seule image était tellement révélatrice. Comment ce minuscule patineur allait-il parvenir à nous gérer ?

Le présentateur ajouta quelques informations que je n'écoutai pas. Je tenais Trent dans mes bras et espérais que tout irait bien.

L'image se transforma de nouveau en diamants, et cette fois, nous avions Stan à l'écran, sautant, les bras étendus, en tenue complète de gardien, la terminant par une roue.

Par-dessus retentit la voix de Trent :

— Ce n'est seulement qu'en apprenant les bases que nous pourrons travailler sur la force…

La caméra avait surpris Stan en train de vaciller sur la

glace, avant de se diriger droit vers Trent, et de le percuter de plein fouet. Je ne pus retenir mon sourire et j'entendis une exclamation en russe de Stan et un ricanement de Ten dans la salle.

Ils ne se moquaient pas du tout de Trent, en fait, c'était tout à fait le contraire.

Le film montra d'autres chutes, puis mit l'accent sur certains mouvements que les joueurs avaient appris, de brefs aperçus des statistiques avant et après.

— Alors, rejoignez Trent et ses amis pour le lancement d'une nouvelle émission de téléréalité pour Noël…

Je me désintéressai à nouveau de l'annonce et cherchai les lèvres de Trent des miennes, afin de l'embrasser.

Puis, je déclarai ce qu'il avait besoin d'entendre.

— Je ne pourrais pas être plus fier.

Epilogue

Trent

— Es-tu certain que ce soit cool ? demanda Dieter, son nouveau maillot des Flyers paraissant plus qu'étrange sur lui.

Les patins de hockey noirs qui pendaient sur sa large épaule étaient parfaits.

— C'est ma patinoire. Si nous voulons nous faufiler à minuit, nous le pouvons.

— Ouais, d'accord. Puis-je l'enlever maintenant ?

Il prit le maillot orange vif, souleva légèrement l'épaule et le laissa tomber. Vous pouviez distinguer dans le col du tee-shirt, un bout du chandail marron qu'il avait porté au dîner.

— Je veux dire… J'apprécie que ta grand-mère me l'ait offert pour mon anniversaire et tout, mais… cela me semble bizarre.

— Bien sûr, tu peux l'ôter.

Je ricanai tout en déverrouillant la porte d'entrée de Rainbow Sake. Nous nous précipitâmes à l'intérieur et je refermai derrière nous.

Il retira le sweater – j'avais appris que c'était ainsi que les joueurs de hockey appelaient leurs maillots – le passa par-dessus sa tête, laissant ses cheveux ébouriffés et dressés en l'air. Je tendis une main pour les aplatir.

— J'aimerais que nous puissions passer plus de temps ensemble, soupirai-je, tandis que la masse épaisse de ses cheveux se relevait.

— Je t'avais prévenu que, lorsque nous serions en pleine saison, ce serait difficile, bébé.

— Je sais, je sais…

Je passai une main dans ses cheveux, pas pour les aplanir, juste pour les sentir glisser entre mes doigts.

— J'ai envisagé de déménager mes cours à Harrisburg, mais mes enfants ne pourraient pas faire le voyage.

— Ça va le faire. Ce n'est qu'à deux heures d'ici. Comme aujourd'hui, d'accord ? Je devrais seulement me lever de bonne heure demain matin, et je serai de retour à la patinoire, à temps pour l'entraînement matinal.

— Je sais. C'est juste que… passer les nuits seul, c'est difficile.

— C'est la vie des femmes de hockeyeurs, plaisanta-t-il, puis il s'écarta précipitamment, se mettant hors de portée, pour éviter que je gifle ses fesses.

— Je ferais une épouse *divine*.

— Je n'en doute pas. Viens, allons un peu sur la glace.

Il agrippa mon poignet, me tirant vers la patinoire. Nous nous assîmes et commençâmes à lacer nos patins. Les siens faisaient deux fois la taille des miens. Je le lui fis remarquer et obtins un mordillement dans le cou pour avoir caressé son ego.

— J'ai remarqué que ta mère semblait plus heureuse. Clay et toi avez-vous renoué quelques liens ?

Je fronçai les sourcils.

— Nous ne nous parlons pas, en fait.

J'exhalai lourdement en m'adossant, laissant pendre mes lacets.

— C'est plus…

Je ne savais pas vraiment comment l'expliquer. Je repoussai une mèche de cheveux bleus de mon visage.

— Eh bien, c'est comme si nous ne nous parlions pas réellement, alors que nous ne discutons pas.

— Cela n'a aucun sens, lança-t-il catégoriquement.

— Je sais. Il représente toujours une complication majeure pour moi. J'essaie encore de régler le problème, tu sais, en suivant des conseils et en évoquant le sujet avec maman et *Lola*, mais il semblerait que je n'arrive pas à surmonter le sentiment de trahison. S'il te plaît, ne t'avise jamais de me tromper ou de me mentir. Je peux en supporter beaucoup, cependant…

— Hey, regarde-moi !

Il prit mon menton et m'obligea à tourner la tête. J'adorais ses yeux.

— Tout d'abord, qui d'autre voudrait de moi ? Les ex-toxicomanes ne figurent pas en tête de liste de source d'excitation pour la plupart des gens.

Je lui adressai un regard empli de dégoût, toutefois, il me taquinait.

— Plaisanterie mise à part, il n'existe pas un seul autre homme qui pourrait prendre ta place. T'es-tu regardé dans le miroir dernièrement ?

— Je suis plutôt éblouissant, non ? renvoyai-je, et le poids de ma relation avec Clay – telle qu'elle était – s'allégea quelque peu. Je ne suis pas certain de pouvoir patiner. J'ai trop mangé à ton dîner d'anniversaire, gémis-je, frottant mon ventre protubérant, après avoir lacé mes patins.

Dieter posa ses mains sur les miennes.

— Tu es aussi plat qu'une planche à pain. Sexy, aussi.

Il laissa ses mains descendre plus bas, vers mon aine. Je la giflai et chassai ses doigts fureteurs.

— Nan, pas de tripotage avant que nous ayons patiné. C'est mon cadeau pour toi. Enfin…

Je me levai, inclinai une hanche et lui adressai un regard enflammé.

— C'est *l'un* de mes présents. Les autres impliquent du lubrifiant et un plug que je t'ai acheté. Oops ! Je suppose que j'ai vendu la mèche !

— Merde ! Je suis à moitié en érection, rien que d'y penser, gloussa-t-il, se relevant à son tour et me suivant vers l'épais matelas protégeant le système sonore.

— J'ai amené le CD que j'ai gravé, soupirai-je, commençant à parcourir les bandes sonores de *Frozen, la Belle et la Bête* et *Mary Poppins*. Les enfants aiment leur Disney.

— Comment va Scotty ? Elle s'en sort bien à l'école et tout ?

Il se positionna derrière moi, son souffle humide et chaud rivé sur ma nuque.

— Elle s'en sort bien. C'est une si brave fille. Ah ! La voilà !

J'agitai le CD par-dessus ma tête, puis l'insérai dans la vieille stéréo. Maintenant que j'avais touché mon premier chèque de la chaîne de télévision, ainsi que le paiement des Railers, j'avais prévu d'améliorer les choses ici. J'avais déjà remboursé l'hypothèque de la maison de ma mère. Les taxes avaient également été réglées sur les deux propriétés. Le chèque pour la banque se trouvait dans le courrier à envoyer depuis Rainbow Skate. Je pouvais de nouveau respirer.

— Bien, c'est une gentille fille.

— En effet. Ils sont tous de merveilleux élèves.

Nous enlevâmes nos protèges-lames et nous élançâmes sur la glace, ses doigts entrelacés aux miens.

— Tu as l'air heureux, dit-il, avant de s'éloigner, me tirant derrière lui, tandis que nous faisions lentement le tour.

— Je le suis. *Délicieusement.*

Je me tournai pour lui faire face, patinant en arrière afin que je puisse voir le jeu de ses émotions traverser son visage expressif.

— Tu as tout à voir avec mon niveau de bonheur. J'avais cru perdre toute ma joie. Puis, tu es entré dans mon monde.

— Pour le transformer en merde totale.

Ses sourcils se froncèrent un peu alors que nous tracions quelques croisements faciles.

— Non, en aucun cas.

Il me retourna, avant de m'attirer contre son torse alors que « *Wonderwall* » d'Oasis commençait à retentir dans la patinoire.

— C'était déjà le cas. Tu m'as donné une raison de vouloir me battre et me sortir de ce merdier. Nous étions destinés l'un à l'autre. Comme Roméo et Juliette, le poison et les jurons en italien en moins.

Il laissa retomber sa tête, son front posé sur le mien, nos patins glissant sur la glace fraîche, ses bras autour de moi.

— Tu m'as sauvé. Tu sais que c'est vrai, non ?

Une chanson plus vivante débuta, « Electric Love », un air sur lequel j'avais patiné auparavant. Cela me semblait remonter à une autre vie. Maintenant, les médailles et les fleurs qui tombaient sur la glace ne me paraissaient plus aussi importantes que de voir Scotty sourire après avoir réussi un simple salchow. Sans oublier que les éloges et l'adoration des fans pâlissaient devant le fait d'être avec cet homme, lors des nuits où nous pouvions nous disputer de temps en temps.

— *Tu* m'as sauvé, lui rappelai-je, me penchant en arrière, afin de lui permettre de me balancer de droite à gauche.

Sa poigne était si forte, sûre et stable. Lorsque je fus redressé, Dieter me souleva par-dessus sa tête. Un instant plus tard, je roulai sur son épaule, mes bras passés autour de son cou, mes patins touchant à peine la glace.

— D'accord, mais j'avais beaucoup de soutien.

Il déposa un baiser sur mon menton, alors que je glissais devant lui.

— Tu ferais un partenaire de patinage très solide, dis-je, mes doigts jouant avec les cheveux de sa nuque.

— Est-ce le seul genre de partenaire solide que je pourrais être, à ton avis ?

Ses lèvres remontèrent de mon menton à mes lèvres, qu'il mordilla et lécha pendant toute la durée de la chanson. Je le laissai nous guider autour de la patinoire, sa foulée puissante et sûre, la mienne, légère et régulière.

— Idiot ! ronronnai-je entre deux baisers. Je sais que tu ferais un excellent partenaire de bowling !

Dieter ricana, nos pieds bougeant parfaitement en tandem, sans le moindre vacillement ni chute.

— Tu ne vas pas simplement le dire, hein ?

— J'en doute. J'adore trop jouer les effrontés, confessai-je, m'éloignant rapidement de lui, prenant assez de vitesse pour me pencher sur la glace, une jambe repliée derrière moi, l'autre parfaitement droite.

C'était une figure assez dramatique, qui m'avait fait gagner plusieurs championnats et quelques médailles.

Dieter patina vers l'endroit où j'étais allongé sur la glace, les yeux clos, mon corps tenant parfaitement la position.

— Le juge canadien/allemand accorde à cette figure un dix parfait.

J'entrouvris les yeux.

— Le juge canadien/allemand est de parti-pris, mais le patineur américano-philippin est d'accord avec ça.

Il me tendit la main. J'y glissai la mienne et fus tiré en avant, droit dans ses bras. Je retraçai le contour de sa mâchoire du bout de mes doigts gelés. Ses prunelles vert-doré commencèrent à s'embraser. Nous n'étions pas restés sur la glace très longtemps.

— Tu serais un partenaire de vie incroyable. À condition que tu veuilles passer le reste de ta vie avec moi ?

Je le regardai à travers mes cils.

— Je suis connu pour être légèrement pétulant et juste un peu flamboyant.

— Juste un peu, hein ?

Il passa son pouce sur ma lèvre inférieure, étalant le

gloss rose qu'il adorait tant. Je hochai la tête, puis battis des cils.

— J'adore les hommes pétulants et flamboyants.

— Alors, nous formons une sacrée paire, non ?

— Maintenant, oui.

***

Quelle est la prochaine étape pour les Railers ?

Retour de Bâton (Railers 4)

Bientôt

Retour de Bâton

Harrisburg Railers – Tome 4

Un été torride dans les bras l'un de l'autre ne saurait suffire.

Stanislav « Stan » Lyamin est heureux de jouer pour les Railers. Le gardien de but imposant est bien aimé et respecté. Il s'est bâti une maison, même si celle-ci ne contient que lui, son chat et sa collection grandissante de cartes de Pokémon. Il préfère vivre ainsi. Il a donné son cœur à un homme l'été dernier, lors d'une relation secrète et celui-ci s'est éloigné, le laissant brisé. Maintenant, Erik est de retour dans sa vie, et il a toujours le même effet dévastateur sur son cœur. Cette fois, ce n'est pas que des lèvres attirantes et de belles boucles blondes qu'Erik a amenées avec lui à Harrisburg : il y a aussi une future ex-femme et un précieux bébé. En dépit du vœu de Stan de haïr Erik pour l'éternité, il a désormais de plus en plus de mal à s'en détourner.

Erik Gunnarsson rêve depuis toujours de jouer à la LNH. Il n'aurait jamais imaginé décrocher un contrat avec les Railers. Qui aurait pensé que le destin le mettrait dans la même équipe que Stanislav Lyamin, l'homme dont il a brisé le cœur ? Les secrets et les mensonges avaient défini leur relation estivale, et le choix d'Erik d'y mettre un terme le hante depuis. Pris au milieu d'un divorce pitoyable, avec un bébé, Erik réapparaît dans la vie de Stan. Désormais, tout ce qu'il a à faire c'est devenir le meilleur père possible, prouver à son équipe qu'il mérite une chance de rester sur leur liste et faire de son mieux pour que Stan lui pardonne. Est-ce impossible de persuader un homme qui vous déteste de laisser une seconde chance à l'amour ?

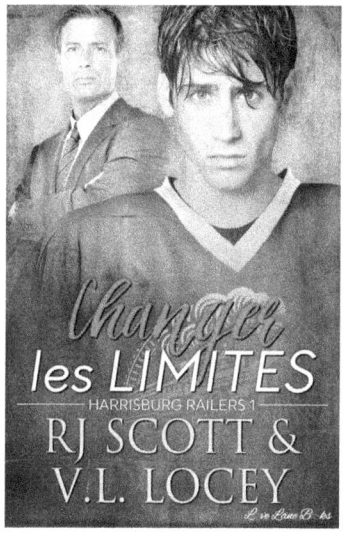

Changer Les Limites (Harrisburg Railers 1)

Tennant peut-il prouver à Jared que l'âge ne représente qu'un chiffre et que l'amour est tout ce qui compte ?

Les frères Rowe sont de célèbres têtes brûlées du hockey, mais en tant que le plus jeune du trio, Tennant a toujours dû jouer contre les réputations de ses frères. Afin de sortir de leurs ombres et refusant de tenir compte de leurs conseils, il accepte un transfert dans l'équipe des Harrisburg Railers, où il se retrouve face à Jared Madsen. Mads, un vieil ami de la famille et ancien coéquipier de son frère. Il se trouve être aussi le nouvel entraîneur de Tennant, et l'homme le plus sexy sur lequel il ait posé les yeux.

La carrière de Jared Madsen a tourné court à cause d'une défaillance de son cœur, et être coach lui permet de rester proche du jeu. Lorsque Ten intègre l'équipe, son monde soigneusement organisé se retrouve en plein chaos. De neuf ans son cadet et frère de son meilleur ami, il sait que Ten est totalement hors limites, pourtant dès qu'il voit ses mouvements, sur et hors de la glace, il sent que son cœur pourrait lui causer de nouveaux problèmes.

Changer Les Limites (Harrisburg Railers 1)

Saga Railers Hockey / Saga Owatonna U

coécrite avec RJ Scott

Également par RJ Scott

Pour obtenir la liste complète des ebooks et des liens, scanne le code ci-dessus ou visite le site: rjscott.co.uk/liste-de-livres

Également par VL Locey

Pour obtenir la liste complète des ebooks et des liens, scanne le
code ci-dessus ou visite le site: vllocey.com/translations

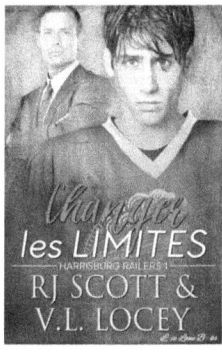

À Propos des Auteurs: RJ Scott

Le but de RJ Scott est d'écrire des histoires avec un cœur romantique, une route sinueuse pour atteindre le bonheur et surtout, ce soupçon de fin heureuse.

RJ est l'auteure de plus d'une centaine de romans publiés et est connue pour écrire des livres avec une fin heureuse.

Elle vit juste à l'extérieur de Londres et passe chaque minute où elle n'est pas avec sa famille à lire ou à écrire.

La dernière fois qu'elle a fait une pause d'écriture d'une semaine, elle a réellement détesté ça. Et elle doit encore trouver une bouteille de vin qui lui résistera.

———

Website: www.rjscott.co.uk

Newsletter: rjscott.co.uk/NL-FR

———

facebook.com/author.rjscott

x.com/Rjscott_author

instagram.com/rjscott_author

amazon.com/author/rj-scott

bookbub.com/authors/rj-scott

goodreads.com/rjscott

pinterest.com/rjscottauthor

À Propos des Auteurs: V.L. Locey

V.L. Locey aime porter des jeans usés, le yoga, les éclats de rire, marcher, lire et écrire des histoires puissantes, la mythologie grecque, les New York Rangers, les bandes dessinées et le café.

(Pas forcément dans cet ordre.)

Elle partage sa vie avec son mari, sa fille, un chien, deux chats, un tas de poules assorties et deux bœufs Jersey.

Lorsqu'elle n'écrit pas des romances épicées, elle aime passer sa journée avec sa ménagerie dans les collines de Pennsylvanie avec une tasse de café à la main.

Website: vllocey.com

Newsletter: vllocey.com/newsletter

---

facebook.com/124405447678452

x.com/vllocey

instagram.com/vl_locey

bookbub.com/authors/v-l-locey

goodreads.com/vllocey

pinterest.com/vllocey

amazon.com/author/vllocey